心の一隅に棲む異邦人

心の一隅に棲む異邦人

久留 都茂子 著

信山社

はしがき

この本に掲載したのは、これまで法律雑誌に寄稿した随想、家族法研究、青少年問題、女性問題に関する巻頭言、講演などの雑文、三四年間在職した都立商科短期大学、四年間勤めた東京女学館での挨拶の外に、七年間お世話になった千葉経済大学や戦前・戦中・戦後の思い出を多少付け加えたものである。いわゆる自分史のように一貫した記録あるいは主張にはなっていないが、尊敬する人々に巡りあい、また、得難い体験をし見聞きしたことを、断片的にでも書きとめておきたいと願ったに外ならない。

たまたま、民法学の終生の恩師である来栖三郎先生の遺稿集を、信山社で出版する運びとなり、先生を敬愛する仲間で集まって編集の話し合いを重ねている中に、信山社の袖山さんのご了解を得て、小冊子にまとめることができた。不肖の弟子で、はるかに天翔ける先生の直球には全く手も届かず取り逃がしたものの、白いボールを追う道すがら、ふと路傍の小さな勿忘草《わすれなぐさ》の花々を集めて塵をはらいコップにさしてみたとでもいえようか。

大きな時代の流れに翻弄され、あえぎながら、精一杯歩み続けてきた一女性研究者の舌足らずの独白録であるに過ぎない。しかし、忘れられてしまうには忍びない追憶や、これまで数えきれないほど多くの方々の励ましを受けてきた感謝の念を、もし行間に読み取っていただければ、これに過ぐる喜びはない。なお、法改正については、簡単な追記を付記した。転載を快くお許し下さった関係各方面、および信山社に心からの御礼を申し上げたい。

平成一三年六月二八日

久留都茂子

目　次

二　研究者の道を歩む

三　大学教員生活四五年

七 法学者たちとの出会い

八 父祖・尾高朝雄の辿った足跡

一　異邦人として育つ

1 異邦人

今年の正月、NHKはウィーン・フィルハーモニーのニュー・イヤー・コンサートを衛星中継で放送した。シュトラウスの円舞曲《ワルツ》が流れ、指揮者のロリン・マゼールが、突然、ヴァイオリンを弾きはじめたり、「アケマシテ オメデトウ」と日本語で愛嬌を振りまくなど、数千里を隔たるとはとても思えず、地球が狭くなったことを今更ながら感じさせられた。父の在外研究に伴われて、幼い日々を三年半、ウィーンなどで過ごしたのは、もう半世紀も昔になる。当時は、四十数日の船旅と列車を乗り継いでの、文字通り異郷の地であった。第一次大戦後、恐慌に見舞われ、欧州は疲弊のどん底にあった頃である。しかし、落ち着いた街のたたずまいにも、塵《ちり》一つない公園にも、林の小路《みち》をのぼって眼下に見下ろすドナウの流れにも、そうした印象は少しも残っていない。何よりも感心するのは、„Es war einmal ein König"（昔々王様がおりました）ではじまるグリム童話集が、美しい挿絵と花文字に飾られた重々しい造りだったことである。子どもの歌集にも、モーツァルトの歌曲とか「魔笛」のメロディーがふんだんにとり入れられていた。もちろん、親しみやすく編曲されたものであろうが、いわゆる「子ども向け」

ではなく、生涯心に残る名曲が彼地ではすでに幼児期に与えられていたのである。

　年中行事の思い出は、永い雪と氷のあとの復活祭にはじまる。庭の叢《くさむら》に色とりどりのイースター・エッグの篭《かご》を探しあてる喜びは、春の到来を知る胸のときめきでもあった。夏には動物園や市営遊園地のジェット・コースターを楽しみ、深まる秋は落葉の散り敷く森をとめどもなく歩き回った。一二月に入ると、どこの家でも大きなタンネン・バウムを飾り、香ばしい手作りのビスケットを枝々に糸で吊《つる》す。ドイツ人の家庭に招《よ》ばれた夜、ろうそくの炎が木に燃え移り、大事に至らず消し止められたが、黒焦げになったお菓子の残りを拾い集めていただいたことも忘れ難い思い出である。

　キンダーガルテン発祥の地ドイツでは、バスケットを手に通園する姉を追いかけ、碧《あお》い眼《め》の園児の輪にも仲間入りをした。金髪を三つ編みにした若い女の先生が、赤いりんごの実を二つに割り、窓や扉をくり抜いて、子どもたちを喜ばせてくれた。大人の世界への立入りを許さない厳しい反面、本物のメルヘンの世界がいつも子どものために用意されていたように思われる。父の膝に乗って、初めは馬車に揺られる淑女、次ぎに馬上の紳士、最後は石ころ道に投げ出されるバウエル・メッチェン（娘）と唱えながら膝からころげ落ちるドイツの代表的な遊戯も、何度、繰返しても飽きなかった。

　その頃、私どものアパートを訪ねられた松坂佐一先生が、話はずんで夕刻におよび、お手伝いさんにどう言ってあかりをつけてもらおうかと思案しておられたところ、娘が出てきて,,Fräulein, Licht, bitte."(明かりをお願い)といった直後に、部屋が明るくなったと、過日、丁重なお葉書をいただいた。実のところ、片言の母国語《ネイティヴ・ランゲージ》を口にしたにすぎなかったのであろう。帰国後もしばらくは、「鳥が ge とんだ」などと、日本の動詞に過去形をつけて、まわりの人を唖《あ》然とさせたドイツ語も、たちまちのうちにすっかり忘れてしまった。しかし、ぎくしゃくしたドイツ的理詰めの思考だけは、いまだに心の奥底にしみついて離れない。当世流行《はやり》の細やかな気くばりや含みのある表現は、日本語を学ぶ外国人を手こずらせるものの一つであるようだが、私にもそうした言い回しはなかなか理解し難いのである。昨今は、海外で働く日本人が急増しているが、その子弟の教育の悩みも深刻であるときく。心の一隅に異邦人が棲《す》んでいるせいであろうか。そこには、単なる言葉の壁では超えられない何物かがあるように思えてならない。外国に永く在住し帰国した若者が、一日も早く、母国の生活習慣と教育制度に同化するとともに、日本もまた、堅い扉を国際社会に向けて大きく開いてほしいと願うこの頃である。

2　„Licht, bitte."

憲法学者の宮沢先生は、若き日のヨーロッパ留学の折り、ウィーンに特別な思いを寄せておられたと随筆の中で書き残しておられる。かつてオーストリア・ハンガリー皇帝として君臨したハプスブルク王朝の首都となり、絢爛たる文化を誇り、また音楽の都として多くの楽聖、名曲を生んだウィーンの街には、他の都市には見られない独特の雰囲気が漂い、知識人の憧れの対象となったのは当然であろう。とくに、東西の音楽に鋭い感覚と深い造詣をもち、昭和初年の名画「たそがれの維納《ウィーン》」など、ウィーンを舞台とするいわゆるウィーン物をこの上なく愛された宮沢先生は、それ故にこそ、初恋にも似たウィーンの街に胸をときめかせ足を踏み入れることをしばし躊躇されたと思われる。

京都帝国大学大学院で西田幾太郎・米田庄太郎に哲学・社会学を学んだのち、ベルリンを経てそのウィーンに、父が赴任したばかりの京城帝国大学から留学を命ぜられ、家族を引き連れてたどり着いたのは、一九二九年の初秋であった。新カント主義に立脚して「純粋法学」を創始したハンス・ケルゼンの門を叩き教えを乞うのが主たる目的であった。半年余りきびしいゼミナールに参加し、その後、南ドイツのフライブルク大学で、現象学の世界的大家であるエドムンド・フッサールに哲学を学び、一年後再びウィーンに舞い戻ってケルゼンに師事、国家の本質や構造に関するドイツ語の処女作をまとめ、帰国の土産としたのである。従って、父が滞欧中最も多くの時間を過ごしたのもウィーンであった。三年間に父は卓越した師にめぐりあい、シュッツ、カントロウイッツ等類い稀な友人に啓発され、日本から法律学や哲学・社会学を学びにきていた同輩とも切《せっ》磋《さ》琢《たく》磨《ま》の日々を送った。同じ頃、京城帝国大学から派遣されたのは民法学の松坂佐一先生らであり、京都大学からも一足遅れて西田門下の親友臼井二尚先生がウィーン入りを果たされた。臼井先生とはしばらくケルゼンの許でも相弟子だったようである。「臼井君来る！」と待ち望んでいた父の手記に記されており、さぞ心踊る日々であったろう。またとない修業時代、幼い娘二人は足手纏いであったに相違ないが、私どもはそんな事情は露知らず、異国での生活を大いに楽しんだ。母国語はまさしくドイツ語であり、片言ながら流暢な発音を操った。二十年ほど前、私は、引き揚げ後名古屋の大学に移られた松坂先生から一枚のお葉書を受け取った。「京城大学の田辺重三君らと尾高君の家ですごすうち、話がはずんで夕刻になり、お手伝いさんにどう言ってあかりをつけてもらおうかと思案していたところ、娘が出てきて、„Fräulein, Licht, bitte.“といった途端、部屋が明るくなった。大人の発音は駄目だなあと思った。あれは貴女ではなかったでしょうか」と。二歳上の姉であったかとも思ったが、大変光栄なことで、すぐさまお返事を差し上げた。二〇〇〇年の三月、今度は松坂佐一先生の御子息松坂茂氏から先生の訃報に接した。満一〇〇歳になられた松坂先生が風邪をこじらせ、新世紀を目前に亡くなられた由、その書斎を整理していたところ、机の上の文箱に私の葉書が最後までしまわれていた、「よほど留学時代がなつかしかったのでしょう」と令息は綴られ、民法学の泰斗の在りし日のスナップも添えて下さった。

半日もあれば自由に行き来できる今と違って、船便の外に通信手段もなかった頃である。異郷でのささやかなハプニングが終生忘れ得ぬ思い出として、先生の脳裏に刻みこまれたのであろうか。父は生前よく、留学とは「学を留めることだ」と冗談を言い、彼の地でも友人たちと本場のビールを大いに酌み交わしたようであるが、久しぶりに天界で再会した父とのあいだで、このエピソードも話題にのぼったに違いない。先生のご冥福を心からお祈りした次第である。

十数年前ウィーンの街を訪ね、地図を頼りに、一八区ワルリース街の旧居を捜し当てた。蔦の絡まる石橋も、キンダーガルテンに近い公衆電話も、買いつけのパン屋も昔のままであった。パン屋の女主人も話を聞き喜んでくれた。次に足を伸ばした南ドイツの大学街フライブルクは、第二次大戦末期の空襲で壊滅的な打撃を受け、往時を偲ぶよすがもなかったが、京都・奈良と同様、ウィーンにはさすが連合国側も手を下しかねたのであろう。リング通りにそびえる歴史的建造物も、戦後、修復されたものを含め、かつての栄華をそのままにうつし出していた。この美しい古い都が何時までも世界中の人々の心の故郷であるようにと願いつつ、私は踵《きびす》を返し、たそがれのウィーンの街角をあとにした。

3 激動の昭和を生きて

激動の昭和が終わった日、新聞は戦前と変らぬ敬語を用いて「天皇崩御」を最大の活字で報じ、テレビも大行天皇の足跡を回顧する番組で埋めつくされた。昭和の劈頭に生まれた私どもの世代にとって、昭和史はまさしく自分史でもあった。「爆弾三勇士」の物語を手にしたのが、幼時、ドイツから京城（ソウル）に移り住んだ私の、昭和との出会いのはじまりであった。「サイタサイタ」の美しい小学国語読本も、三頁にはもう「ススメ ススメ ヘイタイ ススメ」と軍国主義の萌芽が顔をのぞかせる。教室で、挿絵の説明を求められて、「兵隊さんは、これから満州へ行くのでしょう」と答えたのを覚えている。意味も分からぬまま、中国への進出が、当然のように、子ども心に浸みこんでいたとすれば、恐ろしいことである。式のたびに、教育勅語を「拳拳服膺《ふくよう》」し、両陛下の御真影を拝むうち、やがて、蘆溝橋事件を発端に、一気に日中戦争へと突入した。当時、内地で召集された部隊は、すべて、鉄道で朝鮮半島を経由して、大陸へと向かう。京城駅頭では、日の丸の小旗を打ち振り、歓声をあげて、出征兵士や従軍看護婦を見送った。故国で過す最後の一夜というので、時には、長旅に疲れた数人ずつの兵士が、市民の家々に割り当てられた。糊のきいた浴衣と心をこめた手料理のもてなしをよろこんで、いつまでも、戦場から便りをくれる人もあった。

三〇年間の朝鮮統治で、もっとも空しく思われたのは、戦時中の国語の強制と、日本流の名前に改めさせる「創氏改名」であったろうか。朝鮮総督府は、毎朝、各学校で、三節からなる短い「皇国臣民の誓詞」なるものを唱和させたが、ひそやかに抵抗する声がまじったともきく。しかも、醒めた眼で、日本人《イルボンサラム》の前途を気遣う人々が身近にいたおかげで、私どもは、世界を相手の大戦に勝ち味はないと、早くから気付かずにはいられなかった。

戦局が苛烈となり、街の至るところに「祝出征」ののぼりがはためき、若い命の散華の悲報も相次いだ。高等女学校で英語を教わった先生が、真先にニューギニアの密林で戦死されるなど、天皇の軍隊の「赤紙」は、必ずしも公平ではなかったようである。敗戦一年前、父の転勤で、からくも東京へ戻ったものの、旅装を解く間もなく、家は二度の空襲に焼かれ、中年の父には召集令状が舞い込み、疎開先の埼玉でも、至近距離の機銃掃射に遭うなどした。蟬しぐれに消されがちな終戦の詔書の放送を聞いたときには、これでやっと命拾いをしたというのが、偽わらざる実感であった。

ところが、戦争がいよいよ敗けときまったとき、政府がいちばん心配をしたのは、国民の生活がこれからどうなるか、その財産や権利をどうやって守るかではなく、「国体の護持」、すなわち、天皇制の維持にあった。八月一〇日の御前会議でポツダム宣言の受諾を決するに際しても、政府は、国体の護持を条件として降伏しようと考え、連合国にその旨申し出たが、この条件は先方の容れるところとはならなかった。その結果、国体を護持できるかどうかも含めて、すべては連合国最高司令官にしたがうこととなり、このときに、日本は国体を失ったといえる。「なぜなら、自主権をもたない国体は、それまでの日本で何ものにもまさる高い価値をみとめられてきた国体とは、似ても似つかないものだからである」（宮沢俊義「王冠のゆくえ――君主制の運命」）。天照大神が天孫降臨の神勅で「天壌《あめつち》とともにきわまり無かるべし」と明言して以来連綿と続いてきた、万世一系の天皇統治の原則、神勅主権主義は八月一五日を境に変革させられた。天皇もみずから神でないと宣言し、主権の存する国民の総意に基づく象徴天皇制が、あらたに誕生したのである。日本国憲法施行の翌年、大学に入学した私どもは、憲法第一条について、宮沢俊義先生から、大略このような講義を伺った。

大正の末に、文学者芳賀矢一は、宮内省御用係に任ぜられ、国文学の御進講に精進した。皇太子裕仁親王が、七年間の御学問所を終えられた後である。程なくして、大正天皇が崩御せられ、大御大葬《おおみはふり》の歌を作ったが、「国民《くにたみ》はみな闇路ゆく」という一節が、世間の非難を浴びた。新帝が即位し、昭和の大御代が開けたのに、「闇路ゆく」とは何事かというわけである。矢一は、奇しくも、御大喪の行われた昭和二年二月七日の前日、黄泉路へと去った。矢一がお仕えした陛下はユーモアを好み、思いやりの深い御人柄であられたと伝え聞く。しかし、天皇の人間的能力や人格は、大権ときびしい歴史の狭間で、十分に生かされる術《すべ》もなかった。大きな犠牲を払っての反省があったればこそ、国政に関する権能を持たない象徴天皇制が、国民のあいだに定着したのであろう。にもかかわらず、政府の舵取りには、戦前の秩序に引き戻そうとする意図がしばしば見受けられた。憲法調査会の家制度復活の動きに対しては、国民の多数、とくに女性が大きく反発して、これを押しとどめた。宮沢先生は、すでに昭和二〇年代の後半、伊勢神宮や靖国神社問題を契機とする神々の復活を懸念された。いわく、「神々がよみがえるときは、憲法がたそがれるときである。したがって、神々がよみがえりつつある徴候が見られるということは、憲法の基礎がぐらつきつつある徴候が見られるということになる。」(宮沢「神々の復活」)。復古調の足音が一段と高く響くこの頃、宮沢先生が、天下の憂いに先んじて憂えられたように、万一にも、象徴天皇制が曲げられ、憲法がたそがれることがあってはならぬと、ひたすらに願ってやまない。

4　京城育ち

昭和一〇年代の京城は、大陸に硝煙の臭がようやく漂い始めていた頃とはいえ、数百万の人口ひしめく今日のソウルに比べれば、まことにのどかな田園都市であった。南山・北漢山などの山に四方を囲まれ、都心を三〇分も離れると、雉子が鳴き野兎が雪に躍る散歩道は至るところにあった。

私の通っていた京城師範付属小学校は、京城大学に近かったせいもあって、父の奉職する法文学部関係の子弟が多く、賑やかであった。中でも、清宮四郎・不破武夫・船田享二・藤田東三の諸先生の御子息らとは親子ぐるみのおつきあいをいただいた。今は各界の第一線に活躍しておられるが、子ども会の福引きに用意した「のらくろ上等兵」の引取り手に困る「のらくろ」世代でもあった。下級生に、父子二代私法学者となられた西原道雄氏もおられた。終戦、引揚げとともに母校はなくなったが、小学校の同窓会は東京と関西で隔年に開かれている。思い出の校舎の蔦《つた》を先輩の多田美波氏がシャンデリアにデザインされたホテルパシフィック萬葉の間などを借りて、全国から友が集まってくる。私法学会では壇上はるかに西原氏を見上げる私も、このときばかりは大きな顔をしていられた。

　長くきびしい京城の冬は温突《おんどる》を焚き、戸外ではスケートがほとんど唯一の楽しみであった。零下二〇度近くにも下るので、家の日陰を囲って水を流しておくと、翌朝には即席のスケート場ができた。二月初旬まで完全に氷結する漢江の川面には、寒風のなか夕陽を浴びて滑る長い人影が絶えなかった。憲法学を講じて星霜五〇余年になられる清宮先生は、益々矍鑠《かくしゃく》として後進の指導に当られ、慶賀の極みである。今でも、横田喜三郎先生とスケートをされると仄聞するが、先生が健脚を誇り類い稀な健康を維持されたのも、その一半は北漢おろしのなせる業《わざ》ではなかったかと憶測する。

　韓国人の家族には独特の風習があり、当時の朝鮮民事令第一一条にも、日本法でなくおおむね「慣習ニ依ル」ことが規定されていた。穂積重遠博士が随筆の中で紹介された「同姓不婚」「異姓不養」「姓不変」などはその例である。惜しくも早世された藤田東三先生もこの方面の権威であられたときく。戦後めざましい発展を遂げた隣国から来日する法律学徒も数多い。過日も、来栖三郎先生と親交ある彼地の民法学者と同席し、意外に知られていないその親族法の変遷を小耳に挟んだ。何時の日かソウルを訪ね、韓国親族法の一条文なりとも学びたいというのが、京城育ちの私のささやかな夢である。

5　ソウルいまむかし

華やかな開会式のショウにはじまり、熱戦に燃えたロサンゼルス・オリンピックも、その幕を閉じ、バトンは次期開催地ソウルに渡された。社会主義国の不参加、テロへの厳戒体制、商業主義など、多くの難問を引き継いだ四年後の韓国での開催ではあるが、是非とも成功をおさめ、この国の発展に寄与してほしいと思う。

　私がソウルに住んだのは、もう四、五〇年も前になる。当時は、人口わずか四〇万の中都市であったが、今や八三〇万人にも膨れ上がり、地下鉄工事や高速道路建設も進み、高層ビルが林立するなど、めまぐるしい変化のまっただ中にある。一九八八年のオリンピックを待っていては、もはや、昔日の面影を偲ぶよすがもなかろうと、追い立てられるように、早春の一日、ソウルへ向けて飛び立った。

　金浦空港から広々としたハイウェイを市内に向かう。芽吹きはじめたポプラ並木、赤土の田園風景の中に、やがて、漢江が銀色に光って、悠々たる姿をあらわす。夏はボートや水遊び、冬は寒風の吹きすさぶ川面で、夕陽の傾くまで、スケートを楽しんだものであった。昔、飛行場のあった汝矣島には、新しく国会議事堂や放送局が建ち並び、偉容を誇っている。漢江を渡ると、間もなく、市の中心部に達する。

李朝五〇〇年の都であったソウルは、北に北岳山、南に南山、東に駱山、西に仁旺山と、四方を山に囲まれ、東大門・西大門・南大門などの守備門と城郭をめぐらし、攻めるに難く守るに易い要害の地であった。現在は、東大門の外、崇礼門すなわち南大門が往時そのままに古色蒼然とそびえ、ソウルのシンボルともなっている。

南大門から市内随一の繁華街である明洞《みょんどん》や旧三越の新世界百貨店、李朝の王宮である景福宮などへそれぞれ放射線状に道路が伸びている。明洞の北を東西に走る乙支路《うるちろ》と鐘路《ちょんの》は、ソウルのメイン・ストリートである。鐘路五街で地下鉄を降り、昌慶苑を訪ねてみた。桜にはまだ早く、旧王室の広い庭園は静まりかえっていた。鐘路から乙支路五街へ南下し、かつての京城師範の前に立つ。農協中央会と看板を変えた師範学校の奥、鉄条網の間に見えかくれする蔦のからまった赤煉瓦の建物は、まぎれもなく、通いなれた付属小学校の校舎である。今は米軍の宿舎として使われ、まもなく取り壊される予定ときいた。乙支路をさらに東に進むと、オリンピックのスタジアムに改装されたソウル運動場がある。昔、中学生が集まって、総合運動会が開かれたグラウンドで、世界の強豪が覇を競うことになるのだろうか。

踵《きびす》を返して、南山にのぼり、ソウル市内を一望に見おろしたあと、山麓の大通りに面した旧第二高女を訪ねる。こちらは、幸いにも、女子校として使われ、潑剌《はつらつ》と、しかも、礼儀正しい女生徒が、校舎の中まで見せてくれた。講堂も、理科室・裁縫室も、元のままで、年輪を増したけやきの大樹が、晴れ渡った空に枝をひろげていた。住宅地であったこの辺りは、最近、韓国で盛んなセマウル運動の施設も少なく、市内でも最も変化のないところのようである。昔の通学路を通り抜けると、四〇年前の我が家も、そっくり残っていた。変わっていたのは、つるばらの咲き乱れる垣根に代わって、韓国特有の高い石塀がめぐらされていたことくらいである。

大学予備校の前を過ぎ、数分でソウル駅頭に立つ。特急「あかつき」で釜山へ旅立ち、京元線で北朝鮮の名勝金剛山を訪ね、仁川の海水浴や議政府の栗拾い遠足に集合したルネッサンス式の駅のドームもそのままである。戦争の苛烈な頃には、ソウルを通過する軍用列車を、また、赤十字看護婦として南方へ赴く先輩を、日の丸の小旗を打ち振って見送った。二度と、植民地支配や不幸な戦争が繰り返されてはならない。大統領の訪日を機に、歴史の新しい一頁が、日韓両国の間に開かれることを願ってやまない。

6　戦禍で亡くなった人々を偲ぶ

私が学んだ京城師範付属小学校は、大正一一年、今のソウルに開校、終戦と同時に廃校となった。在校生・卒業生はもとより、教職員の大半も引き揚げの混乱を経験し、各地に散り散りばらばらになり互いの安否を確かめる余裕さえなかった。ようやく、各自の生活も落ち着きを取り戻した昭和四〇年代、東京で戦後第一回の同窓会が開かれ、赤煉瓦の校舎に絡まっていた「蔦」にちなんで名づけられた会報も発行され、今日に至っている。隔年に関東・関西・九州等を回り持ちで開催される同窓会には、毎回、生存会員千人あまりの四分の一以上の人々が駆けつける。

数年前の会報「蔦」に、「賛美歌五百二十番―故秋月孝久先生記念会」と題する二年後輩の瀬谷浩氏の一文が掲載されているのを読み、強い感動に打たれた。教壇から出征し昭和一九年にニューギニアで戦死された秋月先生を悼む五〇年ぶりの記念会を報ずる記事であったからである。秋月先生に直接お教えをいただく機会はなかったものの、先生の入隊の日、「祝出征」の幟とともに校庭を一周、全校児童に別れを告げられた朝を今も鮮やかに覚えている。戦局が日増しに苛烈となり、街の至るところに出征兵士を見送る風景は珍しくなくなっても、小学校の恩師を戦場に送ったのはただ一度だけであった。先生の武運を祈って一斉に沸き起こる万歳三唱も心なしか空しく響いた。『蔦』二五号によれば、秋月先生は昭和一一年東大教育学部を卒業されたが、卒論「ポール・ロワイヤルの教育思想」が優秀でフランス政府の認めるところとなり、フランス留学が決まっていた。しかし徴兵検査の結果が第一乙種だったため、日本政府は先生の海外留学を禁じた。先生は、やむなく、折角進学した大学院を一年で中退、一二年四月、両親の住む京城に就職先を求め、たまたま空きのあった付属小学校二年の担任になられたそうである。就任後わずか一年後に召集令状が来て先生は竜山の第二十師団に入隊された。私の記憶する一三年一一月初旬のことである。一度は召集解除となって学校に戻り、次いで、師範学校の教諭となり結婚もされたが、一七年一二月、再度、衛生兵長として召集を受けた。直ちに上陸を命ぜられたニューギニアは、ビルマなどとともに南方戦線でも最も悲惨な戦場であったといわれる。米豪軍殲滅《せんめつ》のため進軍を開始したとき、すでに武器弾薬はおろか食糧の補給も絶え、その上、退路を遮断されたので、三、〇〇〇メートル級の山岳の尾根伝いに脱出するほか方法はなく、一九年一月一八、一九日の二日間に、一万三千人の将兵がジャングルの中に消えた。一、二ヶ月後、後方基地マダンに栄養失調で命からがら辿り着いたのは、九、五〇〇人に過ぎず、残り三、五〇〇人―多くは高年齢者―は山中で力つきたという。先生は、時にまだ三三歳の若さであったが、軍隊ではもう老兵の部類で、飢えと寒さのため、高地の密林を脱け出すことが出来なかったのであろう。もとより、遺骨も遺品もなく、戦死の公報は部隊全員が山に入った翌日の日付けとされた。先生は、教員になってからも、「アミエルの教育学講義」と題する大論文を発表されており、戦争に駆り出されなければ、当初の希望通り、フランスに国費留学し、大学院を卒業して教育学者になられる筈であった。

何の勝算もなく戦線を拡大し、多くの有為の青年を見殺しにした軍部の責任は万死に値するといえよう。かくて、秋月先生は昭和一九年一月二〇日、ニューギニアで戦死を遂げられたとなっているが、戦死の日時と状況は未だに不明のままで、夫人が戦死を知らされたのは、引揚げ後の昭和二二年になってからであった。夫人の母校日本女子大桜楓会館で五〇年目にしてようやく持たれた記念礼拝が、実質的な葬儀に当たるものとなった。当日は、ご遺族、友人、髪に白いもののまじる教え子が集まり、それぞれに在りし日の先生の思い出を語り、礼拝の後、先生の愛誦された賛美歌五百二十番が全員で歌われた。夫人からは、「教え子のほほえましい思い出を故人がどこかでにこにこしながら聞いているような気がいたしました」と謝辞が述べられたという。

女学校の頃、やはり、授業中にゲーテの「野ばら」をドイツ語で歌って下さった英語の安井先生も、大学卒業後着任して間もなく、同じ師団から派遣されニューギニアで散華された。当時、敵性語と言われた英語の授業時間数も縮小の一途を辿っていたのである。

また、いとこの一人は輸送船が魚雷に沈められ、一度は泳いで生還したものの、二度目の応召で再び魚雷に触れ、戦場に行き着く日もないまま、荒れ狂う東シナ海の怒涛に消えた。

銀行の支店長として、中国東北部の新京、現在の長春で終戦を迎えた叔父も、親切な中国人がかくまってくれるという申し出を断ってシベリアに抑留され、栄養失調で亡くなった。

戦争によって人生のすべてを奪われたこれらの人々を思い、二、三年前、毎日新聞に短くまとめて投書したところ、終戦記念日の前日、「戦禍で亡くなった人々を偲ぶ」という見出しで投書欄に掲載され（毎日新聞「みんなの広場」平成一〇年八月一四日）、会報「蔦」にも転載していただいた。戦争を知る者が次第に少なくなっていく今日、秋月先生をはじめ、声なき戦没者の無念の思いを語り継ぐことだけが、残された私どもに出来るせめてもの鎮魂の道ではなかろうか。

7　大戦下の女学生

昭和一六年一二月八日朝、軍艦マーチとともにラジオから大本営発表の臨時ニュースが流れ、真珠湾攻撃によって日本がついに米英両国との戦争に突入したことを知らされた。前年、紀元二千六百年の奉祝行事が盛り上がる中、自宅からほど近い京城第二高女に入学した私どもは、登校後、担任の芹沢真治郎先生から未曾有の非常事態への心構えについて改めて訓話を聞きながら、これは大変なことになったと背筋を冷たいものが走るのを感じた。昭和一二年のいわゆる蘆溝橋事件に端を発した日中戦争も、当初は連戦連勝の勢いで旗行列や提灯行列とお祭り気分に沸き、前途への不安を打ち消す余裕もあった。しかし、「八紘一宇」のスローガンも空しく、戦況は次第に膠着状態となり、中国の徹底抗戦とこれを援助する欧米諸国の包囲陣の前に、孤立するわが国は動きがとれず、袋のねずみのように追いつめられていったのである。

国民生活は日に日に窮乏の度合いを増し、女学校のあこがれのセーラー服も、私たちの入学のころには上級生の純毛の生地とは異なり、腰掛けただけで皺になって光る薄手のスフに変わっていた。そのスカートさえも、三年生になったときには脱ぎ捨て、各自、授業中に縫い上げた黒いモンペ姿で通学することを義務づけられた。街中にも駅頭にも応召の白いたすきをかけた兵士を囲む見送り風景が見受けられた。繁華街の街角には、出征軍人の武運長久を祈る千人針を持つ婦人が立ち、私どもは足を止めては一針ずつ心をこめて縫った。もっとも、召集令状が届いてから入隊までの僅かな暇に、多くの女性から千人針を集めるのは容易ではなく、千里往って千里還えるの譬えから寅年の人にまとめて縫ってもらうといった方法もあったようである。同級生の兄上が戦死され葬儀に参列したこともある。一面識もなかったが、故人の愛唱した賛美歌五四一番を全員で歌いながら、信仰心の篤い人柄が偲ばれ、国のために若い命を散らしこれですべてが終わってしまうのかと、やり場のない憤りを感じた。半世紀以上経った今でも「父、みこ、みたま」で始まる賛美歌の美しい調べを深い悲しみとともに忘れることはできない。

銃後をまもる女学生に出来るせめてものご奉公として、慰問袋の作製があった。学校や家庭に割り当てがきて、どこの戦線のどんな人に届けられるとも知らず、慰問の手紙の外、お守り、梅干しや缶詰・衣類などをぎっしりと詰め込んだ。有り合わせの端布で女学校の制服を着た人形をつくり、我ながら上出来と悦に入ったこともある。ときには、受け取った兵士から「軍事郵便」のマークがついた返事が届いて未知の人との文通が復員まで何年も続くケースもあったようである。朝礼では、はるか東を向いての宮城遥拝のあと、「皇国臣民の誓詞」なるものを唱えさせられた。毎月一日は「大詔奉戴日」と呼ばれ、「愛国行進曲」を奏でる鼓笛隊を先頭に全校揃っての神宮参拝の外、戦地の労苦を思い、梅干し一個の日の丸弁当を持参した。日独伊防共協定が結ばれた縁で、ヒトラー・ユーゲントが京城府民館にやってきて、もみくちゃになりながら、日独の小旗を振って歓迎したこともある。しかし、戦況は苛烈さを加え、カダルカナルの撤退を機に敗色はさらに濃く、夏休みも毎日登校し、汗だくになりながら、裁縫室で兵士の下着を縫う勤労奉仕に明け暮れた。厚い天竺木綿の重なる下着は、ミシンを踏むたびに針が折れた。内地ほどに空襲の危険は迫っていなかったものの、防毒マスクを着けての防空演習や深夜の非常召集で学校にかけつける訓練も行われた。体操の時間には、ボール投げならぬ金属製の模型を使っての手榴弾投げも国民体育検定の種目として課せられた。早朝、星を仰ぎながら永登浦を出発、秋の一日をかけて仁川までの十里の遠足はなつかしい思い出である。府民館での音楽会では「従軍看護婦の歌」を合唱した。クラスには少数ながら音楽の才能にも優れた韓国の友人がおり、ピアノの独奏などで会を盛り上げてくれた。日本政府や総督府の圧政は、今なお、両国の友好関係に影を落としているが、女学生同士の友情にひびの入る余地のなかったことは幸いであった。

戦争末期の最大の悲劇は、昭和一八年一〇月、関釜連絡船崑崙《こんろん》丸が米軍の魚雷に触れて沈没し、多くの京城府民が巻き添えになったことである。乗客四七九名、乗員一七六名を乗せて下関を出港した新造客船は、深夜、沖ノ島近海で轟沈。波が高く、また、就寝中のため、乗客の生存者はわずか二八名に過ぎなかったという。内地の女子大を繰り上げ卒業で帰路についた女学校の先輩も迎えに行った親族とともに犠牲となられた。出張の父上の葬儀のあと、学校を離れた級友もあり、街中が悲しみに包まれ、戦争が重大な局面に来ていることを思い知らされた。

昨秋、娘とともに釜山、慶州を経て久しぶりにソウルを訪ねた。近代的な高層ビルの立ち並ぶソウルの繁栄ぶりに胸を撫で下ろしながらも、昔学んだ小学校、女学校へ、そして、住んでいた家の周辺に自然と足が向かうのを止めることはできない。師範学校の跡地には記念碑が建てられ、女学校は老朽化した建物を南の水原《すうおん》に移築するとのことであった。南山の山麓にある昔住んだ家は、折しも、ブルドーザーが唸りをあげて取り壊し中で、何か目に見えない力に引き寄せられるような縁を感じた。ソウルに着いた一〇月一三日の夕刻には、金大中大統領がノーベル平和賞を受賞したというニュースが流れ、花火が各所で打ち上げられ、街はお祝いムード一色に包まれた。分断の悲劇を招いた責任を私たちは忘れるわけにはいかない。南北のいっそうの融和が図られるようにと願いつつ、新聞の一面に踊る大見出しに見入った。

8 マイ・ペット

この春、小学校入学以来満六〇年を迎えた私たちの無上の喜びは、男子組の田中俊則先生、女子組の小森（中川）ゆき先生が、それぞれに御元気で、総会にも必ずご出席下さることである。女子組は、今でも時折、小森先生を囲んで下町巡りをしたり、先生のお宅に押しかけて、食べ切れないほどの御馳走になり、先生が丹精こめて栽培された花や野菜をお土産にいただくのを楽しみにしている。流山の先生のご別荘の軒下には野良猫が住みつき、先生の足音が近づくと、どこからともなく飛び出して来るそうである。お留守中も、猫好きな隣人に委託して餌を欠かさないという先生のやさしい心配りについて、つい先日もお話を伺い感銘した。

私の京城の家でも、ペットがつねに家族の仲間入りをしていた。一時は、犬・猫のほか、数羽の鶏までいて、ブレーメンの音楽隊さながらの賑やかさであった。四年生の夏休み、父と二、三日、金剛山へ遊びに行っているあいだに、飼い猫がよその犬に咬まれ、思案の末、留守番の母が猫のなきがらを冷蔵庫に入れて、私どもの帰りを待ったことがある。たまたま、この出来事を綴った駄文が、変わったネタのせいか、総督賞綴方に入選した。日曜日の午後は、よく父のお供をして、ポインターとシェパードの二頭の犬を連れ、南山に散歩に出掛けた。雪の山道には、兎の足跡が点々と続き、犬に追われた雉子がけたたましい鳴き声を立てて、山頂をめざした。豊かな自然が今も鮮やかに目に浮かぶ。昭和一九年の春、東京へ移ることになり、わが家で生まれた黒猫をおいてくるに忍びず、木箱に入れて持ち帰った。戦局が苛烈を極め、救命胴着を片時も離せない関釜連絡船の船室でも、猫は物珍しそうに、黄色い目を光らせていた。しかし、翌昭和二〇年の空襲で、焼夷弾に家は焼かれ、その猫も行方知れず、二度と姿をあらわす日はなかった。

戦後も遠くなったある秋の夕暮れ、ふと息子の部屋に迷い込んで丸くなって寝ていたキジ猫がそのまま居つき、近くの六義園への行楽のついでに立ち寄られた同窓の友人たちにもお目通りする元気さだったが、昨年、二〇歳の天寿を全うした。最近、東京都でDNA組み替え実験安全委員会の仕事に加わった。科学技術の進歩はめざましく、数千万年前の骨を使っての恐竜の再生すら全くの夢物語ではないと聞く。愛猫の柔毛から遺伝子を取り出すことができれば、もしかしてそっくりの猫が出現して、「吾輩は〝クローン〟猫である」と言い出すかも知れない。そんな妄想をめぐらせるこの頃である。

二　研究者の道を歩む

9　終戦前後

照りそぐ太陽とともに、終戦記念日がめぐってきた。戦争の末期から戦後にかけて、大多数の国民は生涯で最も大きな混乱に遭遇し、極限状況の中で様々な体験をさせられた。とくに、「昭和ヒトケタ」の私どもにとっては、まさしく、戦いの中の青春であったのである。

終戦の前年、特急列車が四月からすべて廃止されるという三日前、三月二九日のつばめ号で、私ども一家は辛くも東京駅にすべり込んだ。外地以上に食糧が窮迫していると聞かされていたので、ソウルを発つときには、永年飼っていた犬二頭と猫二匹を安楽死させて、手厚く葬り、韓国人の少年を親許にかえし、身寄りのないオモニ（おばさん）と黒猫だけを連れての慌ただしい旅立ちとなった。私どもの車が京城駅へ向かって走り出したとき、車のあとをどこまでも追いかけてくる少年の姿が視界を去らなかった。小学生新聞をともに読んだその少年は、今どこにどうしているだろうか。

花の都へ来て旅装を解く暇もなく、戦局は熾《し》烈をきわめ、人々が家をたたんで続々と疎開していくのに、まず驚いた。防空演習の合間を縫って、歌舞伎見物に出かけると、名優市村羽左衛門扮する「石切梶原《いしきりほまれのかじわら》」が終わらぬうちに、空襲警報が発令され、芝居は中止となり、真っ暗な街を這々《ほうほう》の体《てい》で、本郷の自宅までたどりつく有様であった。先代羽左衛門丈は、それから間もなく、疎開先で亡くなられたと聞いた。

連日連夜の空襲も、はじめのうちは、サーチライトと高射砲の飛び交う華やかな空中戦を眺める余裕もあったが、昭和二〇年二月、近隣に焼夷《い》弾が落ち、ようやく、戦場の緊迫感が身近になってきた。この焼夷弾による火災は、結局、消し止められなかったが、誰よりも勇敢に火の中に飛び込んで、めざましい活躍をしたのは、ほかならぬ我が家のオモニであった。町内会から感謝状まで贈られた。しかし、三月一〇日の大空襲で、多くの人命が失われたため、韓国の人を巻き添えにはできないと、父母が説得して知人に託し、忠清南道の郷里に連れ帰ってもらった。戦後、「尋ね人」など、新聞・ラジオを通じて、捜索の手をつくしたが、二度と消息をきくことはできなかった。オモニが去った数日後の四月一三日、道をへだてた理化学研究所を狙っての空襲に、一帯は焼野原となった。「幸《こう》」と名づけた黒猫の行方も杳《よう》として知れない。五月二五日、移り住んだばかりの番町の祖母の家も、皇居を焼く劫《ごう》火に消えた。

翌六月には、老兵というべき父にも赤紙が来て、甲府の連隊に入隊した。ソウルから遠路運んだ家財道具はあとかたもなく燃えつくし、母と姉・私の三人は、文字どおり身一つで、深谷の在の神社の社務所に身を寄せ、終戦前後の日々を暮らした。そんな田舎でも、本庄飛行場を爆撃して帰りの米軍機が、至近距離で機銃掃射を加えるなど、危ない一幕もあった。しかし、水清く緑豊かな父の郷里の人々の親切は終生忘れ難いものがある。どの農家を訪ねても、漬物と熱いお茶で、一〇年の知己のように迎えてくれ、厳しい日々を生き永らえることができた。終戦を迎えたあとも、東京の焼け跡に掘立小屋を建てるまで、肩に食い入るような食糧を背負って、上野・深谷間を幾度となく往復した。上信越方面への復員兵を乗せた列車の混みようはすさまじく、荒川の鉄橋を渡るデッキにつかまってかいまみた水面の暗さはいまだに鮮やかである。

先日、ふと思い立って、三九年ぶりの埼玉県八基村を訪ねてみた。鹿島神社の森も社務所もひっそりと静まり返っていた。水田は少なくなって、ビニール・ハウスが立ち並び、蝉しぐれに代わって、風の音が木の梢に鳴っていた。国際的なハイテク競争の中で、美しい田園が荒れていくことのないようにと祈りつつ、人影まばらな父祖の地をあとにした。

10　目白の春秋

私が女学校四年修了後、目白の女子大の家政学部管理科に入学したのは、昭和一九年の春であった。京城、今のソウルから父の転勤に伴い、東京に移り住んだので、内地の教育事情も知らず、取り敢えず、姉の在籍する同じ学科に腰を落ち着けたのである。管理科は、かつて、社会事業学部といわれ、社会事業・哲学・社会学などを中核としたが、多分、社会主義と同様、当局に偏見をもたれたのであろう、戦時体制の下で改称させられたと憶測する。志賀義雄が、その著書『獄中十八年』の中で、差し入れてもらって読んだシェークスピアの赤い表紙のマクベスをマルクスと間違えられて取り上げられたと書いているくらいで、時代を先取りした福祉の理想は伝わらなかったのである。東京の街のあちこちに、大八車やリヤカーを引いて安全な疎開先へ急ぐ人が多い中、首都のど真ん中へやって来た私どもは、こわいもの知らずの珍種と思われたかも知れない。姉のクラスに、台湾から単身上京した一番ヶ瀬康子さんがおられ、少数ながら志のある精鋭が集まっていた。一番ケ瀬さんは、台湾海峡が危険なせいもあってか、夏休みでも帰郷せず、寮舎にとどまり勉強を続け「熱血児」と呼ばれ、早くから、尊敬の眼差しで見られていた。社会学の綿貫哲雄先生、統計学の森数樹先生など、当代一流の講師陣による本格的講義に感銘を受けた。また、国文科との合同授業では、作曲家滝廉太郎とともに「花」の作詞者として知られる武島羽衣教授の声咳に接したのもラッキーであった。

しかし、平穏な日々は長続きせず、いわゆる学徒出陣など国家総動員体制によって、一年生の二学期には教室を離れ、板橋の陸軍兵器補給廠に勤労動員で駆り出された。いくつかの分隊に分かれ、軍人の統率の下、朝から晩まで弾薬類をリレー式で積み替える作業が課せられた。しかし、既に制海権・制空権を奪われ、輸送船団も次々と沈められ、南方方面への兵器補給など思いもよらず、倉庫の棚から棚へと重い武器を移動させる、形ばかりの仕事であった。その間も、しばしば、警戒警報や空襲警報が鳴り響き、私たちは大あわてで防空壕に飛び込み、占いや取りとめのない雑談に時を過ごした。明くる昭和二〇年春には、学校の西生田キャンパスに学校工場なるものが出来、全寮制で航空機部品のハンダづけなどの単純作業を教室の机上で行った。その頃、東北帝大で学ばれた国文学の青木生子《たかこ》先生が西生田に着任され、友人に誘われて、国文科の教室をのぞきに行ったことがある。のちに、学長時代、理学部や人間関係学部を次々に創設、女子大の発展に大きく貢献された先生は、若き日から、学生のあこがれの的でもあったのである。私の家は四月、五月と立て続けに戦災に遭い、東京の空を焦がす炎を寮の窓から眺め、歩き続けて帰ってみると家は跡形もなく、やむなく西生田を離れ、家族の疎開先の深谷の在で終戦の詔勅を聞いた。やがて、進駐軍が東京の街にも溢れ、日本国中が百八十度の転換を迫られ、ようやく授業再開のメドがついた十月、学ぶ機会に恵まれなかった管理科から外国語学科への転科を願い出て許された。衣食にも事を欠くどん底の時代であったが、英文科の中心的存在であられた上代たの先生は、世の中の動きには超然として、学力の乏しい私どもをひたすら励まし、本物の英語英文学を身につけるよう助力された。先生は、成瀬仁蔵の創立した女子大の最初の卒業生で、その烈烈たる志を受け継ぎ、アメリカにも長く学び、敬虔なクリスチャンであったため、戦争中は大変な苦労をされたと承る。米文学史のほか、英米の詩、とくに、エドガー・アラン・ポーの詩に造詣が深く、繰り返し暗唱させられた句は今も口をついて出る。先生は学生にきびしく、ご自身にはさらにきびしく、おかげで、私どもはまともな英語教育を受けて来なかったにも拘わらず、英文学の真髄の一端に触れることができたのである。先生は、私どもに「チャンスをつかめ」と教えられた。ギリシャ神話の運命の女神は、大変足早に通り過ぎるため、いそいで前髪をつかまないと、二度とチャンスは訪れないという。先生の足元にも及ばないながら座右の銘として心がけてはきたつもりである。先生の豊富な人脈のおかげで、初学者には容易に近づき難い英文学の大家に学ぶ機会を得た。令嬢がクラスメートでもあった岩崎民平先生には、シェークスピアの「ベニスの商人」を教えていただいた。東京教育大の藤井一五郎先生がテキストに使われた「イングランド　アズ　シー　イズ」には、端正な本場の英語の気品がただよっていた。福原麟太郎先生の英文学史は平易な語り口の中に、英文学の奥義を極められた先生独特のイングリッシュ　ヒュウモアがあふれていた。食料危機のため夏休みも三ヶ月と異例に長く、鉛筆や紙にも不自由する時代であったが、卒業までに信仰論文と英文の卒業論文を曲がりなりにも全員がまとめあげることが出来た。級友にも恵まれ、卒業生の結び付きの強い大学でさまざまな交流によって啓発された。二年後輩の高野悦子さんの本郷のお宅にも二、三人で定期的に集まって勉強会をもったことがある。映画演劇に詳しく、芸術への情熱をたぎらせていた高野さんは、初心を貫いてパリに留学、帰国後は岩波ホールの支配人として、優れた内外の映画の紹介をはじめ文化活動の第一人者となられた。

勉学に必要なものは、進むべき道を照らす偉大な師と励まし合う友人、そして、学ぶ意欲を持ち続けるだけで十分であることを、私どもは戦中戦後の体験から教えられたのであった。

11　わが恩師

新学期に入ってしばらくの間、マスコミは例年の如くＰＴＡ役員になり手の少ないことや、担任の先生の当りはずれの問題を取り上げていた。先生にはずれはないとするものもあれば、地域の小・中学校で「先生を選ぶ権利」が児童生徒の側にないのは不当であるなど、様々な意見が論じられていた。懐古趣味のつもりはないが、私は全く当然のようにつぎつぎと素晴らしい先生に恵まれてきた。

春の遅いソウルの四月、まだ蕾《つぼみ》の固い桜の下で、五〇年前の新入生をにこやかに迎えて下さった岩島茂枝先生は、「サイタ　サイタ」の国語読本を読み文部省唱歌を張りのある声で聞かせて下さった。戦後、引き揚げられた愛知県下で、お茶・お花・舞踊を教え、地域のリーダーとしても信望を集めておられる。先生の御子息は、海軍特別攻撃隊として出撃の準備中に終戦を迎え、東大を出た後、防衛の中枢を担う要職にあられる。数年前、M新聞にその岩島久夫氏が私ども師弟の「めぐりあい」について書かれたのが縁で、消息の知れない旧友からも便りをもらうなど、二重三重の奇遇をよろこび合った。

ソウルの女学校で、二年間担任として、家事科の御指導をいただいた翁長《おなが》君代先生も、五人の子持ちでありながら、そんなそぶりは少しも見せず、深夜の防空演習には、真っ先に学校へ駆けつける超人であられた。とある夕方、友人と先生の御宅をたずね、ねんねこ姿の先生に目を見張った記憶がある。洗濯機一つないころで、夜、家中の洗濯を済ますなど、人知れぬ苦労を重ねられた由である。昭和二〇年、御主人の郷里沖縄に戻られた後、かなりの年でアメリカの大学に学び、爾来、琉球大学家政学部教授として縦横の活躍をされ、「沖縄婦人の母」とも「沖縄の恩人」とも讃《たた》えられた。昨夏、ロサンゼルスの令嬢宅で客死されたが、旅先から福祉の会に原稿を寄せられ、最後まで完璧な生き方をされたときく。最近、男女雇用機会均等法が国際的な課題となっているが、これらの先生方は、あえて平等を口にすることなく、男性をしのぐ立派な仕事を難なくこなして来られたのである。齢《よわい》を重ねるにつれ、足元にも及ばぬその偉大さをますます痛感する。

専門学校でもまた、尊敬すべき先生に接することができた。英文学の上代たの先生は、母も女学校時代に英語をお習いした親子二代の恩師である。ピューリタンで、人にも己にも厳しい方であられたが、エドガー・アラン・ポーやロングフェローの長い詩を暗誦させられたおかげで、今でもその美しい一節を思い出す。女子大の学長に加え平和運動にも貢献、二年前に天寿を全うされた。信念を曲げず教育者として一筋の道を貫いた生き方には、感嘆のほかはない。

学生として、直接教えを仰いだことはないが、民法の大先輩立石芳枝先生にも、かげにひなたに御高導をいただいた。先生は、同志社から明大を経て、戦前、「女人禁制」の東大大学院に学ばれた。文字通り、家族法の草分けであられる。寸暇を惜しんで研究に打ち込み、明治大学短大部学長として御多忙な中を、後進の養成にも並々ならぬ努力を払われた。先生が教鞭をとられた明治大学からは、数多くの婦人法律家が巣立ち、社会の第一線に活躍しておられる。私がはじめて学会に登壇したときも、先生は前もって内容をおききになり、さりげなく的を射た質問をされ、拙《つたな》い報告を援《たす》けて下さった。昨秋開かれた先生の叙勲の御祝いの席上、集まった教え子の誰よりも若やいでおられた先生は、それから一月もたたぬうちに、遠い国へ旅立ってしまわれた。学恩に報いる機会を失い、痛恨の極みである。

息子と娘が学んだ区立小学校でも、図画・工作を担当された公楽《こうらく》工揮先生は、各自のアイディアになる等身大のロボットを身につけての造形発表会が、NHKで毎年放映されるなど、児童の独創性を思い切り伸ばして下さった。また、近くの武田邦雄画伯の夫人にも、楽しみつつ、絵の手ほどきを受けたおかげか、愚息の卒業作品は、小・中高でそれぞれ母校に保存の栄誉を担い、子どもの頃、ボール紙を丸めて作ったロケットへの夢(?)を生かすべく、宇宙産業をも手がける企業に就職を果たした。娘も、共働きの会社で、市民参加の河川整備事業等を宣伝するパンフレットのキャラクターやカットの製作を引き受け、社会の片隅で、今なお、多少のお役に立っている。

先生の当たりはずれを考えることなく、豚児ともども良き師に恵まれた僥倖を、あらためて感謝せずにはいられない。

12 パイオニアとして

私が、東大女子学生の三期生として、赤門をくぐったのは、昭和二三年の春である。約半世紀も前のことで、銀杏並木も今ほどうっそうと天を覆うばかりではなく、復員の軍服姿の学生がキャンパスを往き交っていた頃である。平成卒業の若々しいさつき会員（東京大学女子卒業生同窓会）からみると、多分、縄文人にでも譬えられようか。法学部の一期生には、ピアニストの藤田晴子さんや憲法学者の久保田きぬ子さん、二期生には国会議員で文部大臣、法務大臣の要職を歴任される森山真弓さんらがおられた。同期の穂積万亀子さんは、政治家の夫人でもあった。二年後、弁護士の松尾和子さん、元大使・文部大臣の赤松良子さん等が揃って入学された。赤松さんは、入学早々の五月祭の模擬裁判に出演するなど話題を集めた。希少価値も手伝っていようが、これだけ大物揃いということになると、少々、かすんでいる者も、たやすくグレードアップする。私など、さつき会員であるメリットを最大限に享受し、いまだに虎の威を借りている始末である。

最初は、人数が少なかったせいもあって、法文経の女子学生が時折集まっては、施設その他にクレームをつけたりしていた。その中、とくに、法学部と経済学部は共通科目もあり、何時とはなしに、お昼休みに、中央図書館前のベンチに集まって、お弁当を広げるようになった。経済学部では、久保まち子さん、大内節子さん、広田寿子さん、嘉治佐代さん、戸原つね子さん、高橋久子さんなどが常連であった。ただでさえ、口八丁手八丁の女性が群れをなしていては、さぞ、かしましかったに違いない。同じ頃、学生であられた国立天文台長の古在由秀先生から、後年、「僕たちは、いつも遠くから眺めていましたよ」といわれ、恐縮したことであった。卒業後も、時折、お弁当仲間で新宿などに集まり、同窓会を開いている。前回は、ちょうど高橋さんが最高裁入りをされるときで、「公邸の庭に野良猫が紛れ込んでも警報機が鳴り出すのよ」と警備の厳しさを思わせる話も飛び出した。

新制の会員には、さらに多彩な顔触れが見られる。中労委の若菜允子さんとは、十数年前、婦人法律家訪中団のメンバーとして、北京や上海をたずねて以来のお付き合いである。私自身、大学院終了後、短大・四大で民法を教えているが、千葉経済大学では、自治行政の権威である加藤富子さんと同僚として席を連ねるチャンスにもめぐりあわせた。

これからも、生きている限り、何らかの形で、乏しい能力を社会に還元していきたいと願っている。それが、入学時には「帝国大学」の学生であった、数少ない「パイオニア」の使命であろうと思うからである。

13　法律学を学び始めた頃

新年度を迎えた各大学は、講義も本論に入り、法律雑誌にも「法学の学び方」といった特集が目につく。私が法律学を学び始めたのは、日本国憲法が施行されたあくる年、東大に女子の入学が許されて三年目であった。焦土の街にはスマートな進駐軍兵士があふれ、銀杏並木の下を軍服姿の復員学生が往来していた。

大教室での講義は、たしか宮澤俊義先生の憲法が最初であった。「天皇機関説」事件などの暗い時代を耐えてこられた先生は、新憲法の精神を平明にしかも情熱をこめて語られた。学生時代、アナトール・フランスに傾倒され、作家志望であったという先生は随所にユーモアを織りまぜられた。たとえば、明治憲法には第一一条「天皇ハ陸海軍ヲ統帥ス」の俳句と第五条「天皇ハ帝国議会ノ協賛ヲ以テ立法権ヲ行フ」の短歌が揃っているが、五条の下《しも》の句は変なところで句切らなければならないこと、それに比べて、日本国憲法はやや散文調であるが、第二三条が俳句に読めるなどといわれ、笑い声が絶えなかった。

民法は、我妻栄・川島武宜《たけよし》・来栖三郎の三先生が、それぞれにうん蓄を傾けての名講義を展開された。私どもの学年の担当であられた来栖三郎先生は、山なす文献を抱えて登壇され、とくに民法第一条の三を法制史の側面から詳しく解明されたのが、印象に残っている。我妻栄先生は、早朝の講義でも三〇分前には研究室に来られ、当日引用する判例を膨大な自作のカードの中から探し出し、必ず目を通されたと承る。果たして、その講義は民法の極意を伝え、絶品であった。洛陽の紙価を高めた名著『所有権法の理論』による川島武宜先生の民法第一部も、スケールの大きさに圧倒される思いであった。

誕生したばかりの国際連合に大きな期待が寄せられていた頃で、国際法の横田喜三郎先生の講義もいつも超満員であった。純粋法学の第一人者であられる先生は、大国の圧力にもかかわらず、国際法が法である所以を熱心に説かれた。「全権」の異名をもつ先生の十八番は、昭和初年の軍縮会議に政府代表の一員として乗りこみ、金髪の女性から「日本にはこんな若いプロフェッサーがいるのか」と驚嘆されたというエピソードであった。

端正で少しも姿勢を崩さず、商法全篇を淀みなく説かれる石井照久先生には、さながら、大向こうを唸《うな》らせる名優の面影があった。いわゆる六法の中で、刑法だけは東北大学から木村亀二先生が出講され、教育刑の理念や「カルネアデスの板」など、刑事責任の真髄についていろいろと考えさせられた。

法学部の学生であった三島由紀夫がその名文に感銘したという団藤重光先生の『新刑事訴訟

法綱要』では、糺問《きゅうもん》主義から英米流の当事者主義への転換を学んだ。木を竹で割ったような豪快な兼子一先生の民事訴訟法、ドイツ強制執行法に造稽《ぞうけい》の深い菊井維大先生の懇切な講義によって、手続法の醍醐味も朧ろ気ながら分かりかけてきた。先生御自身、行政法の化身かと思われる田中二郎先生の緻密な行政法理の展開、チョークを指から離さず、あっという間に黒板をラテン語で埋めてしまわれる原田慶吉先生のローマ法、契約におけるconsideration（対価）の効用を徹底的に叩きこんで下さった末延三次先生の英法など、どの教室にも馥郁《ふくいく》たる学問の香りが満ちていた。

その後、さらに三年間を共同研究室の窓辺に過ごした。伝統ある判例研究会では、時折、仙台から中川善之助先生、小町谷操三先生も加わられ、白熱の論議の中で、条文の一字一句をもゆるがせにしない法解釈のきびしさを目のあたりにした。拙い判例評釈にびっしり朱筆を入れて下さった我妻先生も亡くなられて久しい。残された日々、せめて、その片言隻句なりとも、学生に伝えたいと願う昨今である。

14　判例研究会

私が東大女子学生の三期生として赤門をくぐったのは、日本国憲法が施行され、民法親族法相続法が改正された翌年であった。焦土に何はなくとも、大きな希望に燃え、当時まだ薄手の六法全書やザラ紙の講義案を探しもとめたものである。法律相談所も五〇期生を迎えたときくが、平成の若々しい所員からみると、私どもは原人とでもいうべきか。高等女学校では、男子の中学校と格段の差をつけた易しい英語や理数科の教科書を与えられ、防空演習や勤労動員にかり出されたあげく、焼夷弾《しょうい》の中を逃げ回っていたのが、戦争が終って、いきなり、格調高い法律学の講義を聞くめぐり合わせとなったのである。ただひたすら背伸びするほかはなかった。「東京大学法律相談所」という木札のかかった雑然とした部屋を余裕綽綽と出入りし、事もなげに法律論を操る、詰め衿の学生服を着た先輩や同期生は、私の眼には超能力者のように映っていた。具体的な紛争をどうやって捌くのか知りたいというそれだけの動機で、中途からの入所を願い出たが、相談を扱った記憶すらない。それでも、相談所での「耳学問」が多少効を奏したのか、卒業後さらに三年間を共同研究室の窓辺で過すこととなった。

研究室では、週一回、伝統ある判例研究会が開かれる。時折、公法の宮沢俊義先生、田中二郎先生等と合同の研究会がもたれることもあって、白熱の論議の中で法解釈の醍醐味を味わった。かけ出しの研究生にも、いくつかの最高裁判例を報告するノルマが課せられていた。とはいっても、権威ある研究会で「判旨に賛成」「反対」とおこがましい批判など思いもよらず、大先生の御指導の下、先生と連名で発表することになっていた。たまたま、私は、研究会創始者のお一人でもあられる我妻先生の御指導の下、「虚偽の嫡出子出生届の効力」に関する昭和二五年判決と、「有責配偶者からの離婚請求」をしりぞけた昭和二七年判決を割り当てられた。二五年一二月二八日判決（民集四巻一三号）に対しては、我妻先生みずから、法学協会雑誌（「無効な縁組届出の追認と転換」法協七一巻一号七一頁）に、虚偽の出生届の養子縁組への転換を示唆する論文をお書きになり、いわゆる藁の上からの養子の出生届に縁組の効力は認められないとする二五年判決を批判しておられた。我妻説をそっくり拝借した事件の評釈は、後日、先生の御著書にもおさめられたが、その折、先生は、わざわざ私に了解を求められ、「共同執筆」であるとの断わり書を事件の末尾に加えて下さった。誰がみても、九分九厘、先生御自身の判例研究であるものを、御配慮に感激すると同時に、研究者としてとるべき厳しい態度を教えられた。平成二年に法制化された特別養子制度の目的の一つに、我妻先生のお考えも形を変えて結実していると見ることができよう。

いま一つの判例批評は、有名な昭和二七年二月一九日の「踏んだり蹴ったり」裁判（民集六巻二号）についてである。自ら愛人をつくって結婚生活を破綻にみちびいた有責配偶者たる夫の離婚請求に対し、最高裁は、「法はかくの如き不徳義勝手気儘を許すものでない」、「妻は俗にいう踏んだり蹴ったり」であるとしてはねつけ、大きな話題をよんだ。我妻先生は論旨に賛成せられ、報告の下書をもっておそるおそる研究室に伺ったところ、「どんな破綻主義にも内在する倫理の最小限」という字句を朱筆で入れて下さり、このくだりが、稚拙な評釈の目玉となったのである。その後、諸外国で有責主義からの脱却があいつぎ、わが国でも、昭和六二年九月二日の最高裁大法廷判決（民集四一巻六号）もあって、さらに進んだ破綻主義への移行は秒読み段階に入っている。破綻主義を否定するわけではないが、離婚制度の歴史も社会情勢も大きく異なる欧米の法を、世界の大勢という理由で受け入れることに疑問を呈する有力な少数説がある。ひそかに少数説に共感を覚えたのも、先生の名言が脳裡にやきついて離れなかったためである。今後、離婚原因に関する民法七七〇条が改正され、「信義則条項」が入れられるとすれば、まさしく我妻先生のいわれた「倫理の最小限」の条文化であり、喜ばしい限りといわなければならない。

戦後五〇年、学徒出陣や大学紛争の嵐を静かに見守ってきた銀杏の大樹は、枝葉をひろげ、いまや天を覆うばかりである。次の半世紀に向けて、法律相談所が「法学部砂漠」のオアシスとなり、その社会的使命をも果しつつ益々発展されるよう、心から念じてやまない。

三　大学教員生活四五年

15　商科短大における法学教育

東京都立商科短期大学は、昨年（昭和三九年）の春、開学一〇周年を迎えた。江東地区は、いわゆる海抜ゼロメートル地帯で、下町の人情に溢れているが、大学と名のつくものは多いとはいえない。しかし、東京の中小企業の中心地であり、東京港を背後に控えて工業・貿易の進展はめざましい。この地に中堅産業人育成のため、独自の商科大学をつくりたいとの地元の強い要望により、現学長今村直人氏を中心とする多方面の努力が実を結んで、都立三商の一部に短大が先ず発足し、次いで、三年制の夜間部をも加え、在学生二〇〇余の小世帯ながら、既に千余名の卒業生を送り出すに至った。手狭のため移転の話もでているこの短大の仮校舎の一隅から隅田川を往来するはしけの群を眺め、隣接する造船所の槌音を聞きつつ民法を講じてきたものとして、商科短大における法学教育のあり方を考えさせられることもしばしばである。

短大制度そのものについても、当初、世間の風当りは冷く、産業界からも容易に受入れられなかった。四年制の新制大学ですら、旧制大学に比し専門課目の履修時間の少いことが問題とされている。まして、わずか二ヶ年間に、一般教養科目に加えて、商業や経済・会計を学び、さらに、法律学についても専門知識を修得することはまことに至難の業といわざるを得ない。しかし、将来、会社・官公庁に入れば、短大出とはいっても大学卒と何ら区別せず、同等の知識、能力を要求されるところが少くない。そのための背伸びは必要だが、さりとて、いわゆる学部の講義の縮小ではなく、商科短大にはそれなりの特色もあり、独自の構想を限られた時間の中に盛上げることが可能ではないかと思われる。

幸いに、わが短大では、商業・経済の分野においても、たとえば、経済学の難波田春夫教授や商業学の本間幸作教授のように基礎理論の大家を擁しながら、他方、経営機械化論や、市場調査、電子計算機の実習など実務的な面にも重点をおいている。法学部門でも、基礎課目の外に、手形、小切手法については一橋大の吉永栄助教授とその愛弟子であられる専修大の小西基弘教授、また、会社法ではイギリス会社法の権威である専任の武市春男教授にゼミナールをも加えた徹底的指導を仰いでいる。また、税法には日立製作所から明里長太郎講師の出講を乞い、学生も自発的に税法研究会をつくるなど活発な動きを示している。アメリカの大学でタックス・ローを学ぶのは、如何に納税するかではなく、企業の要求する節税法を知るためだと聞いたことがある。真偽はともかく、そうした実際的効果を尚ぶ態度には学ぶべきものがあろう。商法や税法にはズブの素人で、僭越至極ながら、必須の実用的分野に焦点を合わせ、法学部と同じ、若しくはそれ以上の時間を割いた講義やゼミナールがなされていることは、わが短大の性格としてまことに適切であり、基礎的なリーガル・マインドの上に、幅こそ広くはないが、リーガル・ナレッジとしても他に遜色のない理解をもつビジネスマンを養成し得るなら、商科短大における法学教育としては先ず成功を収めているといえるのではなかろうか。

16　三〇余年をかえりみて

都立商科短大は、この春（昭和六一年）開学三二年を迎えた。大学・短大を合わせて全国で千を超える日本の高等教育機関の中には、創立百年を祝う大学もあり、必ずしも長い歴史とはいえない。しかし、短大制度ができたのが昭和二五年であり、公立短大としては長老格に属するといえよう。本学の歩みは発展の一途を辿ると同時に、苦難の道程でもあった。深川越中島に、都立三商の敷地の一部を借りて呱々の声を上げたのは、昭和二九年四月である。ひたひたと波の寄せる仮校舎沿いの隅田川には、ポンポン蒸気がのどかに往来し、今は開かずの橋となった勝鬨《かちどき》橋も定時に開閉されていた頃であった。戦後の復興が軌道に乗り、高度成長期の到来を控えて、人々は学問への情熱、経済再建への意欲に燃えていた。下町にはじめての公立商科大学をつくり、産業界の中堅指導者を養成しようという地元の熱心な要請があったと聞いている。

創立当時のメンバーの中、かつて、東大経済学部の三羽烏の一人と謳われた難波田春夫先生は、発刊された学内研究誌を「経済学の進歩のために」と名づけられ、ほとんど毎号のように格調高い論文を寄せられた。高名な商品学の河合諄太郎先生は、太陽熱の利用などに卓抜のアイディアを出されると同時に、明治人の気骨を貫く人格者として学生を教化された。今や時代の象徴的存在となった電子計算機を、先見の明をもって草創期から学習の根幹に据え、本学の隆盛を招いた竹中尚文、玉井康雄の両先生、商学部門のバックボーンであられた石川正一先生、教養関係でも、のちに文芸評論家として大成された篠田一士先生など、錚々たる陣容であった。四年制並のきびしい単位数を学生もよくこなした。三年後さらに勤労学生のために第二部を開設し、開学以来十数年にわたり学長として大学の基礎を揺るぎないものとされた今村直人先生は、今年九五歳になられ、なお矍鑠《かくしゃく》としておられる。小さな大学が大きく伸びるために、先生は永年培われた幅広い交友関係をフルに活用して、常時ほぼ一〇〇%の就職率を達成され、本学の声望をいやが上にも高められた。最近でも、暑い夏のさかりに各企業を廻られ、曾孫ほどの年の学生のために紹介の労をとることを惜しまれない。

西へ西へと草木もなびく各大学の移転ラッシュの先駆となったわけでもなかろうが、下町に十分な校地を得られないまま、昭和四四年、都立立川短大商科と合併し、昭島の農事試験場隣接地に移転を果たした。立川短大の先生方も加わって、教授陣はさらに強化され、戦後生まれの若々しい教職員がやがて主流を占めるようになった。同時に、都心の勤労学徒の立場に配慮して、昭和四八年、晴海に経営学科が発足した。亭々とけやきや山桜の大樹の生い茂る多摩の広い校庭に三三五五集う学生の中に、めっきり女子の姿が目立つようになったのもこの頃からである。全国を吹き荒れた学園紛争のあと、大学進学率の上昇に伴って、短大は何時しか女子を中心とする高等教育のジャンルとして定着するに至った。さらに、多様化の時代を迎え、高専や専修学校が実務中心の即戦力を看板に多くの学生を集め、四年制大学との狭間にあって、短大制度そのものも新たな活路を見出すべき転機に立っている。一八歳人口が減少に転ずる数年後を見越して、本学もそのあり方を検討し、態勢を整える必要に迫られている。これまで多くの試練をくぐり抜けてきた本学は、この困難な時期に、教職員・学生・卒業生が一体となって力を出し合いながら、むしろ、願ってもない発展の好機と捉え、地域サービスや生涯学習など、新時代の要請に応える大学へと脱皮することができよう。幸いに、数多くの卒業生は、今や東京都はじめ官公庁や企業の中枢にあり、また、税理士・公認会計士などの資格を得て専門職に従事し、都議会議員、大学教授等各方面にわたる多彩な活躍振りには、目を見張るものがある。親子二代にわたって本学に学んだ人もある。

民法学の泰斗末川博先生は、かつて、人生の最初の三分の一は己の成長のために、中年の三分の一は人のために、老後は再び自分のために費やすべきであると言われた。それぞれの年代を、卒業生の皆さんが力一杯燃焼し、ひいては、本学の隆盛の大きな支えとなるよう心から願っている。

《追記》昭島と晴海に校舎を有する都立商科短期大学は、平成八年、昭島に隣接する都立立川短期大学と統合、五学科を擁する都立短期大学として再発足した。平成一三年三月、都立商科短大は最後の卒業生を送り出し、閉学式を挙行した。開学以来奉職した私は、奇しくも開学式と閉学式の双方に出席することとなり、感無量の思いであった。都立短期大学は、さらに新たなる改革に向けて、力強い歩みを続けている。

17　コミュニティ・カレッジかけ歩き

昭和六二年七月、東京都知事の命を受けて、米国コミュニティ・カレッジ等高等教育機関の視察に出向いた。周知の通り、全米には日本の短大に相当する原則二年制のコミュニティ・カレッジが数多くあり、取り敢えず、西部のロサンゼルス、サンフランシスコ、及び、東部のボストン、ニューヨークの四都市の大学・カレッジを訪ねることとした。とはいうものの、西も東も分からない赤ゲットである。多くの方々の御好意で何とか責を果たしたが、とくに、都立商科短大のジェームズ・ワダ教授の実兄ベン・K・ワダ教授が、カリフォルニア工科大学研究所の部長をしておられ、多大のご援助をいただいた。出発前の打ち合わせで、ワダ教授に短大から電話連絡をお願いする中、うっかり時差を忘れ現地は深夜という失礼もあった。やっとの思いで、ロサンゼルス空港に降り立つ。ロスなど、サンダルで出掛ける時代ではあるが、私の飛行機初乗りには格別の思い出がある。昭和三〇年代、知人を羽田に見送ったあと、東京上空一周の遊覧飛行の看板をみつけ、つい遊び心で搭乗した。定員一〇名のおもちゃのような軽飛行機で、最後に駆け込んで来た一人を加え、定員オーバーで飛び立った。ネオンの瞬く東京の夜景に見とれ、いざ着陸という段になったところ、重量を超えたためか滑走に必要な足が出なくなって飛び続ける始末。飛行機は何度もアクロバットのような急降下を試みるが、また轟音とともに高度を上げて旋回を繰り返す。ついに、胴体着陸が告げられ、ガソリンを使い切るため、さらに三〇分も飛んだ。その中、「ナイフをお持ちの方はありませんか」とパイロットが尋ね、若い女性がとっさにリュックからナイフを差し出したところ、何のことはない、すぐさま座席のシートを切り開き、手動で足を出し着陸に成功した。周囲には消防車・救急車が待機しており、乗客は命からがら羽田を後にした。それ以来の空の旅で、砂漠の赤土に広がるロスの滑走路を目にしたときは、人知れず安堵の胸を撫で下ろしたのであった。

到着の翌日、早速、ロスの南、コスタ・メサ市に全米最大のコミュニティ・カレッジであるオレンジ・コースト・コミュニティ・カレッジを訪問する。私の行く二、三年前にも、公立短大の内田穣吉会長をはじめ数名の学長が視察、単行本にまとめられたお勧めコースである。学長のドナルド・R・ブロンサール氏にお目にかかり、沿革など伺い案内していただく。UCLAをはじめ、各地に散在する広いキャンパスをもつ大学は珍しくないが、一ヶ所にすべての学科を集めているのが、このカレッジの最も大きな特徴という。全米一とあって、学生数も多く、昼間部二万人、夜間部五千人ほどで、夏休みには、サマー・セミナーも開かれている。社会科学・家政・建築・農業・音楽・天文学等、あらゆる学科が見渡す限りの敷地内に整然と十分なゆとりをもって配置されている。図書館、ナイター設備のある野球場やプール、体育館の外、学生食堂も完備、アメリカ西部ならではの一大総合大学と見受けられた。建築学科では、一斉に何人もの学生が家を建てる実習の出来る広いスペースがあり、天文学科には小さいながらも本格的なドームが設置され、海岸には専用のヨット・ハーバーまであり、羨ましい限りであった。次に、ロサンゼルス・コミュニティ・カレッジ区副所長で、前ウエスト・ロサンゼルス・カレッジの学長でもあるジャック富士本氏をロス市内の事務所に訪ねた。経験の深い同氏から、カリフォルニア州の高等教育の歴史・組織等について説明を聞く。コミュニティ・カレッジの当面する問題は、第一に、カリキュラムの改訂であり、総論賛成各論反対で、大学の管理者と教員組合、学生の立場がしばしば対立すること、第二に人種問題、第三に、やる気のない中年の教師と楽をして卒業したがる若者気質をあげられ、日本の大学の実状とも共通点が多く、耳の痛い思いをした。

ベン・ワダ教授夫妻は、先生の勤務されるカリフォルニア工科大学研究所、UCLA、パサデナ・シティ・カレッジをはじめ、ビバリーヒルズの高級住宅街や著名な魚料理のレストランまで案内して下さり、多忙な時間を割いての見知らぬ者への御好意に感謝の言葉もないほどであった。

次の訪問先サンフランシスコでも、ワダ教授の紹介で、社会学者のロジャー・K・スコット博士が車で出迎えて下さり、勤務先のサンフランシスコ・シティ・カレッジを見せていただいた。アップダウンの多い街の市電には、盛夏にも拘わらず、毛皮のコートを着た婦人たちが乗っているのに驚いたが、海から吹きつける冷たい風で金門橋も忽ち霧に包まれる不順な天候に、なるほどと納得した。小高い丘の上の広いキャンパスにそそり立つシティ・カレッジの特徴は、規模が大きく、学生のニーズに合わせた様々なプログラムが提供されていること、夜間学ぶ主婦も多く、四年制大学への編入に便利なカリキュラムも組まれている等で、秋学期の法学部門のゼミの案内も興味深く眺めた。博士は日本にも滞在された経験があり、大学の格付けはこの地域にもあるという。シティ・カレッジにほど近い四年制のサンフランシスコ州立大学も見学、さらに博士のご家庭や国際結婚をして当地に居住する日本女性の家にもお招きいただき、東西文化を融合させているライフスタイルに感心させられた。

一人旅のため、東海岸へ出発する朝は、危うく遅れそうになり、重いカバンを抱えて飛行機に飛び乗る一幕もあった。落ち着いた佇まいを見せるボストンの街にたどり着き、やはり、商科短大の同輩でアメリカ生活のながい相山長和助教授にご紹介いただいたフィッシャー・ジュニア・カレッジの門を叩いた。広さに圧倒される西部とは異なり、市街地の生け垣に囲まれた小規模校で、私どもには親近感が感じられた。カレッジの入試部長サンドラ・ロビンソン教授の説明によれば、一九〇三年に創立された私立のカレッジで、女子校であり、教員もほとんどが女性だけなのもアメリカでは珍しい例だという。今では日本の公立小学校でも当たり前になっているが、広いコンピュータ教室が二室、ワープロ室にも機械が整然と並び、ビジネス教育に力を入れているのが、当時としては斬新に写った。

「ハバ・ナイス・デー」の声に送られ、ロビンソン部長の紹介で、通り一つ隔てたチェンバレン・ジュニア・カレッジにも立ち寄る。このカレッジの特色は、「英語を第二の母国語に」をモットーに、日本を含めアジア系の学生を多数集めていることである。入試部長ジム・モリンガン教授をはじめ、来日の経験のある教職員もおり、きわめて友好的な雰囲気であった。構内には、ホテルを改装した寮も完備していて、語学の外、ビジネス、建築、デザイン等の学科もあり、少人数教育の実をあげているように思われた。

ボストンは古い大学町で、ハーバード大学、サフォーク大学等四年制の名だたる大学も見学した。また、カレッジばかりでなく、専門分野の視察も兼ねるようにとの東京都の要請で、裁判所や州庁にも足を運んだ。サフォーク離婚裁判所では、開廷中の二つの離婚法廷を傍聴した。二三八号法廷では、女性裁判官が、「子どもがあまりにも幼い」ので、離婚後の父親の面接交渉権を認めるよう当事者に語りかけているのが印象的であった。事務長の承諾を得て、離婚記録簿も閲覧することを許された。

次いで、マサチュセッツ州社会保障局ソシアルサービス課を訪問、一九八〇年来、市民に広く門戸を開いている子どもの虐待に対する行政の対応の実状を尋ねた。我が国でも、昨今、児童虐待は深刻な問題となりつつあるが、これに先んじて、同州でも危険にさらされている子どもを発見した人や本人から連絡を受けて救済策を講ずるホット・ラインが設けられているとのこと。両耳に手を当て口を開いて叫んでいるシンボルマークの子どもの顔が印象的であった。ソシアルサービス課と一体をなしているものに、公立養子協会があり、そのスタッフであるマルサ・ララビー女史から公の養子あっせん事業の状況を聞く、縁組に当たっては、養親の希望を細かく聞き、他の公的機関とも連携を取り合い、双方に幸せな養親子関係を作り出すよう努めているとのことである。日本でも、養子法と養子縁組斡旋法はワンセットであるべきとの鈴木博人教授等、「養子と里親を考える会」の指摘する通り（「養子と里親―日本・外国の未成年養子制度と斡旋問題」平成一三年一月、日本加除出版）ではあるまいか。さらに、ボストン郊外にあるニューイングランド・ホーム・フォア・リトル・ワンダラーズという少年少女の施設に向かった。同所のJ・レオナルド女史の話によると、児童虐待などの理由で自宅に戻れない長期滞在児童二三〇名、他の施設からの通学児童五〇名の教育にも当たっており、入所者の年齢は、おおむね、六歳から一四歳までで、夏には海水浴にも連れて行くそうである。これらは、すべて米倉明教授が『アメリカの家族―ボストン法学見聞記』（昭和五七年七月、有斐閣）と題する大部な著書に資料入りで詳細に記述されている施設をご了解を得て訪ねたものであるが、百聞は一見に如かず、繁栄をきわめるアメリカ社会の片隅にも、家庭崩壊に苦しむ子どもたちが少なくないことに改めて驚かされた。

最後の訪問地ニューヨークには、コミュニティ・カレッジとしてとくにご紹介いただいた箇所はなく、コロンビア大学、ニューヨーク市立大学等を見学するに止めた。国連経済社会理事会、劇場街や五番街からウオール街、自由の女神像など御定まりのコースも一巡した。数十年前、完成したばかりのエンパイア・ステート・ビルに上ったと父から聞かされていたので、ついでに、最上階からの展望を満喫し、往時を偲んだ。ゴミのあふれる街中、電車の車体への落書き、地下街の異様な光景など、このマンモス都市は、世界最高のビルが出来た一九三〇年代に比べ、果たして発展の方向を歩み続けてきたと言えるのだろうか。人口集中・環境汚染とどこの都市にも見られる共通する問題に、ふと未来への不安がよぎった。

ほとんど素通りに近いコミュニティ・カレッジの見学で、短大教育に資する提言など思いも寄らないが、強いていえば、公立中心の安い授業料、カリキュラムにも工夫をこらし、夜間、土曜の午後、夏季休暇もフルに活用し、社会人の受け入れに万全を期している点、また、四年制大学への編入が容易で生涯学習の拠点になっている、職業教育に徹している等を、その特色としてあげることが出来るのではなかろうか。新世紀に入り、我が国でも、大学院・大学・短大・専門学校がそれぞれの長所を生かしつつ、個性豊かな教育へ飛躍するよう望んでやまない。

18　大学セミナー・ハウスにて

皆さんが、本学（都立商科短大）に入学されてからほぼ一ヶ月がたちましたが、今日はこの緑まぶしい高尾山麓の大学セミナー・ハウスに集まり、二日間にわたるオリエンテーションの幕が開かれようとしています。ここには、美しい自然があり、短いながら友人との楽しい共同生活があります。リラックスした雰囲気の中で実りある集いがもてるようにと願っております。

この大学セミナー・ハウスは、昭和三七年、学生と教師の心の交流のために合宿研修センターをつくりたいという飯野宗一郎氏のお考えに、同じ教会に属しておられた日本女子大の上代たの先生が共鳴され、東大の茅誠司先生、早稲田の大浜信泉先生などにも働きかけられ、さらに多くの方々のご賛同を得て八王子の山ふところに設立されたと承っております。この二〇年間にセミナー・ハウスを利用した若人は、延べ八〇数万人にも達するということです。森の中には、各大学や個人、ゼミの名で植えられた色とりどりの木々や草花があり、本学の記念植樹のハナミズキも見ることができると思います。

さて、オリエンテーションとは何でしょうか。教会をオリエント、すなわち東向きに建てることに始まって、指導、方向づけと訳されます。日本語にも指南、南を指して指導するという言葉があり、さしずめ、英語のオリエンテーションに当たるといって良いでしょう。今年のオリエンテーションのめざすところは、短大生活の目的を探ることにあります。本学は公立短大として全国でも屈指の社会系短大であり、授業内容もきびしく四年制大学にくらべてもひけをとるものではありません。この二日間の討論の成果を持ち帰り、学園生活に役立てていただきたいと思います。

皆さんは、昭和四〇年代に生まれたいわゆる新人類とよばれる世代です。しかし、人間の基本的な考え方は時代によってそれほど大きな違いはありません。時に悪がはびこり、不正がまかり通ることがあっても、やがて黒雲がきれて陽がさすように、正義が勝つことをいつの時代にも人々は待ち望んできたのです。正義とは何でしょうか。ピタゴラスは、正義とは数でいえば四、形でいえば正方形で表わされ道徳上の善は円で表わされるとしました。正方形は正義、公平を意味し、力をもって己の主張を貫くものです。これに対して、善は周囲と摩擦を起こさず円満な解決、キリストの教えのように、上着をとる者に下着をも与えることを良しとします。具体的に何が正義、公平であるかは時代により価値観によって異なり、その実現は決して容易ではありません。キケロやウルピアヌスは、各人に彼のものを与えること (suum cuique) と定義しました。戦後の日本では、教育における平等主義、画一主義が強調され、格差をなくす努力の結果、個人も学校も個性を失いつつあるとの反省がなされています。アメリカの大学で、卒業までに半数近くが振るい落とされることは良く知られていますが、スイスで心理学の研究をされた京都大学の河合隼雄先生は、スイスで幼稚園から小学校へ上がるときにすでに落第生が出ると知り驚かれたといいます。

日本では、義理人情を重んじ、縁のある人には甘く縁のない他人にはきびしく振る舞う傾向があり、思い切った能力主義をとることができません。家庭の中でも、娘にはあまく嫁には過大な要求を突き付ける場合がしばしば見られます。まして、外国人には排他的になり易く、アメリカに行った留学生は親米派になるが日本で学ぶと反日的になると言われてきました。これでは国際化の達成もおぼつかないでしょう。ベストセラーになった土居健郎の『甘えの構造』（昭和五五年、弘文堂）という本によると、甘えるという言葉自体が日本独特のもので、英語には適当な表現を見出し難いと指摘されています。依頼心が強くよりかかりを肯定する社会では、集団と行動をともにすることを好み、個人の抵抗を封じる傾向があります。政界などの派閥のように、集団の中で個人は付和雷同するか迎合するしか生きる道のないこともあります。大学生の特権に寄りかからず、互いが個性を認め合い、それぞれの目標に向かって進むならば、皆さんの短大生活の目標は、ほぼ達成されたといってよいでしょう。

かつて、名著として知られた岡義武先生の『近代欧州政治史』（昭和二四年・弘文堂）のとびらに次のような言葉が掲げられていました。「人間は偉大であって、その偉大さは自己の悲惨さを知ることにもあらわれている。樹樹は自己の悲惨さを知らない。そは王侯の悲惨であり廃王の悲惨である。」人類の繁栄が危機にさらされている今こそ、私どもは互いの信頼を深め、グローバルな友情の絆を強めるべきではないでしょうか。セミナー・ハウスの開館式に当たり、上代先生は「この丘の上から人類の幸福と繁栄に貢献し得る人を一人でも多く送り出すことが出来るように」と希望されました。皆さんが丘の上で語り合い、勇気と知恵を蓄えて学生生活に持ち帰ることを心から願っております。

19　卒業にあたって

春とは申せ風なお冷たい本日、ここに東京都議会議長、東京都総務局学事第一課長をはじめ、多数来賓御臨席のもとに、卒業式を挙行できますのは、私どもの深く喜びとするところでございます。

きょう、卒業の栄誉を担う者は、昭和五八年、または五九年に商学科に入学、第一部二ヶ年、第二部三ヶ年の課程を修了した者であります。大多数の皆さんは、小学校入学以来一四年乃至一五年の長い学窓生活に別れを告げることになります。卒業生の中には、親元を離れて上京し、不自由な下宿生活を送った者もあります。また、第二部の卒業生の多くは、昼間、多摩地区の市役所や税務署、企業等で働き、夜間本学で学ばれた人々であります。雨の日風の日、職場から交通機関を乗り継ぎ、困難を克服し、晴れの卒業式を迎えられたのはまことにお芽出度い限りです。慈愛をもって皆さんを育ててこられたご両親のお喜びは如何ばかりでしょう。ご列席の父母の皆様に心からお祝いを申し上げます。

よくいわれますように、日本では学校を終えることを卒業と申しますが、アメリカではcommencement と呼びます。卒業は終わりではなく、人生の出発であり、社会人として歩みはじめることだからでしょう。これまで職業経験のほとんど無い第一部の皆さんにとっては、実社会という大海原に向かって帆を上げる記念すべき日であります。最近の日進月歩の技術革新の時代には、学校を終えても勉強はまだまだ必要です。生涯教育の時代では当然のことですが、本学の設置者である東京都でも、生涯教育の推進を積極的にはかり、また、アメリカで生まれたコミュニティ・カレッジの精神を活用すべく、公立短大を中心に検討をはじめております。卒業生の皆さんも本学で学ばれた知識経験をもとに、実社会でさらに研鑽を積まれるよう願ってやみません。

ご承知のように、本学は今村直人先生を初代学長として越中島に開設された都立商科短大と、中野藤吾先生によって創立された都立立川短大商科二部が、この昭島の地に合併してできた短期大学であります。皆さんは教養課目並びに電算実習など高度の専門職業課目のいずれをも重視し熱心に指導される先生方の下で勉学にいそしんでこられました。小粒ではあっても、教職員と学生の息の合った学園生活が、マンモス大学には見られない充実した成果を上げてきたと思います。

人の一生にはいくつかの節目がありますが、何といっても学生生活を終えることは大きな節目でありましょう。皆さんの前途には、限りない希望があり、同時に未知への不安も広がっていると思います。人生八〇年といわれる時代となり、皆さんにはそれぞれ少なくとも五〇年、六〇年の未来があるわけです。それを意義あるように送れるか否かは、ひとりひとりの努力にかかっています。日本にも戦前には国定教科書がありましたが、イギリスのナショナルリーダーの最後の巻に一老人の口を借りて「最も悲しい言葉は、やろうと思えば出来たかも知れないのにという悔悟の念である」との一節がありました。努力の結果たとえ失敗してもやるだけやったという充足感はある筈です。あのとき、もっと一生懸命やればよかったという悔いだけは残さないよう、若い皆さんはこれからの人生に真剣に立ち向かって下さい。私が学生時代に教えを受けた民法の我妻先生は、当時定年に近く、その講義は懇切丁寧で分かりやすく絶品といわれました。先生は、講義のある朝は、授業の始まる三〇分前には必ず研究室に入られ、その日引用される最高裁判所や高等裁判所の判決を、きちんと分類した手製のカードの中から取り出して目を通し、万全の準備をされたと聞いております。先生が早朝の寒い研究室で、膝に毛布をかけ、一心に本を読み直しておられた姿が今も目に浮かびます。これは、どんな仕事にも当てはまることでしょう。来日した高名なピアニストが宿舎に着くとすぐ数時間の練習にとりかかり、到着の日くらい休まれたらという周囲のすすめに、一日でも怠れば自信をもって演奏会に臨めないと答えたという話も聞きます。最高を維持するのも決して容易いことではないのです。

卒業生の皆さんは、本学において、教室の中で、ゼミで、クラブ活動で、また商大祭やスキー教室で、親しい友を得られたことと思います。今日を限りに北へ南へと別れてゆく人もありましょうし、卒業後も交流をもち続ける仲間もあるでしょう。本学の卒業生の中にも、企業に勤めたあと、友人同士で力を合わせ会社を起こし成功している例もあります。また、税理士・公認会計士の資格をもつ卒業生が連絡を取り合って会を発足させ、親睦を深めつつあるという話も聞いております。嬉しいにつけ悲しいにつけ、青春のひとこまを共に過ごした友人ほど頼りになるものはありません。師との、また、友人との出会いが人生を決定づける場合もあります。どうか、出会いを大切に、末永く育てていって下さい。本学にも、この度、皆さん方の願いが実を結び、美しい校歌ができました。これまでも、揺籃期の商科短大、立川短大に校歌はありましたが、大学紛争の混乱で曲も散逸し、歌われなくなったのです。昨年の春、新入生のオリエンテーションのとき、大学セミナー・ハウスの交友館で他大学の学生が校歌を歌っているのを聞いて、本学にも校歌がほしいという声が上がり、今回の校歌制定につながりました。作詞作曲の畑田兼吉・洋子夫妻は、わざわざ本学に足を運ばれ、学園のイメージに合った歌を作って下さいました。ギリシャ神話の商業の神様マーキュリーに本学の頭文字ＴＭＣ（東京都立商科短大）をあしらった素晴らしい校章も、久保埜昭一同窓会長のご紹介で武蔵野美術大学の佐藤和男先生にデザインしていただきました。短大の新しいシンボルとして、それぞれ大事にして下さい。

戦後四〇年、人々の努力で幸いに平和が保たれてきました。産業の発展は私どもに豊かな生活を保障しましたが、他方で様々のひずみを生み、心の荒廃が大きな社会問題となっています。いじめや暴力がはびこり、相手の長所を見ずに欠点だけを責める人が増えてくれば、世の中は何と荒涼と味気無いものになるでしょう。折りしも皆さんの卒業式と時期を合わせたように、七六年ぶりに地球に近づいたハレー彗《すい》星は、私どもに自然への感動を呼び起こそうとしています。坂道を転げ落ちるのは簡単でも、理想をめざして一歩でも踏み出すのは大変なことです。本学の多数を占める女子学生の皆さんが就職されるこの四月に、男女雇用機会均等法もいよいよ施行されます。男女が、家庭の中でも社会でも平等に力をあわせるという目標も、実現には長い歳月を要するでしょう。この意義ある年にスタートされる卒業生の皆さんは、どんな仕事にも辛抱強く、誠実に取り組んで下さい。回り道に見えても、誠実を貫くことが結局は人に信頼される一番の近道です。どうぞ健康に留意され、二一世紀をたくましく生き抜いて行かれるよう念じつつ、式辞といたします。

20　臨死体験

昭和六三年四月に開学した千葉経済大学は、発足後一〇年あまりを経て、大学院および地域経済研究所を次々に設置、経済学部経済学科に加えて新たに経営学科を設けるなど、手堅く地道な足取りながら、着々と躍進の一途を辿っている。ご縁があって開学当初から七年ばかり在職させていただいたが、忘れ難い教職員の方々に巡りあうことができた。

理事長・学長を兼ねる佐久間彊先生は父上が戦前思うところあって創設された女学校を母体に、共学の高校・短大から大学へと発展させ、ご高齢の今も全力投球で学園の経営に当たっておられる。平成六年に学園の六〇周年を祝った。行政官の頂点もきわめ、数々の要職を兼ねる多忙な日常にあって、早朝には必ずキャンパスの総ての部署に顔を出し、問題がないか確かめ、適確な指示を出されたと仄聞する。とくに、先生が長年培われた豊富な人脈を生かして、人格識見ともに優れた教職員を揃えておられたのには感心した。先輩同僚の諸氏はすべて人生の師でもあり、視野の狭い私は絶えず多くを学び啓発された。同じ学生部に所属し、入学式・オリエンテーションに始まる年間行事を、学友会の学生と話し合いながら、立案遂行した数人の先生とは、年に一、二度、西千葉駅にほど近い小料理屋などで、雑談を交えてご高見を拝聴する機会に恵まれた。

あるとき、そうしたくろついだ席でメンバーの一人佐藤正弥教授が、ご自身の臨死体験について語られたことがある。先生が五歳の頃、病篤く医師やご両親ご家族が枕元に集まった。ところが、何と先生の魂はその瞬間身体を抜け出して、病室の天井に近い辺りから、その有様を眺めておられたという。数分たって病人は息を吹き返し、その後、順調に回復されたのはいうまでもないが、かなり危険な状態であったそうである。「今思うと、あれは臨死体験というものですね。」と温厚な先生はしみじみと回顧され、同席しておられた地域開発論の柴田啓次先生も、花の咲き乱れる死後の世界に足を踏み入れて生還した人は稀でないと蘊蓄《うんちく》を傾けられ、アルコールの勢いも手伝って、ひとしきり、臨死体験談議が盛り上がった。孔子のように、「未だ生を知らず、いずくんぞ死を知らん」と悟りを開いたわけでもなく、信仰心も薄く、先々のことを考えていなかった私も、誠実そのものの諸先生の真に迫る話し振りに衝撃を覚えた。

工業経済論の権威である佐藤先生は、学内の地域経済研究所においても身近な問題に取り組み、地域産業の振興に心を砕き、環境問題にも多大の貢献をされた。私どもが家庭の台所用品として日常生活で広く使用しているラップフィルムの大半は、先生によるとポリ塩化ビニリデン樹脂を原材料として生産されたものであり、その技術開発や用途開発について社会経済との関連においての社会史の研究は他の追随を許さないものがある。かつて、呉羽化学がアメリカのダウ・ケミカル社の日本特許に抵触せずに塩化ビニリデンを生産できるかが焦点となり、慎重に一件一件検討の結果抵触のおそれなしとの結論を得た後、さらに戦後のポツダム政令によるダウ社の特許に呉羽化学の開発した技術と同じものが含まれないことまでも調査し、円滑に国産技術による事業の継続を進めることができたという。佐藤先生から「ポツダム政令」についてお尋ねがあり、全く不案内ではあるが、資料をご紹介し、後日、ご研究の成果を拝見させていただいたのも大きな勉強になった。

また、ある時、学生部の管轄事項についてのご相談があり、柴田先生の講義の済むのを廊下で待っていたが、先生は時間になっても、なかなか出て来られない。学生の質問に丁寧に答えておられたためと承り、いつも適当に切り上げていた私は顔から火の出る思いをした。大学院修士課程の設置に伴う面倒な手続にも、柴田先生はいやな顔ひとつされず、根気よく主務官庁に足を運び、遅れるのが常である認可が予定よりも早まったという。大きな貢献を少しも誇らぬ謙虚な先生の態度に感銘した。

さらに、アダム・スミス等、経済学説史がご専門の鈴木信雄先生、一九世紀ドイツを中心とする西洋経済史の金子邦子先生、教養では、同時通訳やシェークスピア研究の内田・菊川両先生など、大学の基礎をゆるぎないものとされる人材には事欠かない。六階の研究室の窓から、きらきらと陽に輝く千葉港の海をはるかに望み、千葉の溢れる活気と鼓動を感じ数年間を過ごした、千葉経済大学の諸先生・事務局・卒業生諸氏の益々の発展を感謝の念とともに心から祈ってやまない。

21 新入生に

新入生の皆さん、入学おめでとうございます。校庭の桜も爛漫と咲き誇る今日、皆さん方は晴れて東京女学館短期大学の学生となり、二ヶ年の課程を本学において修得することとなりました。皆さんは希望に満ちて入学の日を迎えられたことと存じます。晴れの日を誰よりも喜んでおられるのは、慈愛をもって皆さんを見守ってこられたご両親をはじめご家族の方々であろうかと存じます。父母の皆様方に心よりお祝いを申し上げます。

大学生になった今日から、皆さんは一人前の大人として、自分で考え責任をもって行動しなければなりません。大学生活では、中学や高校に比べてかなりの自由を与えられていますが、自由には責任を伴います。ドイツでは、エスカレーターのわきに、「危険は各自の責任で」（Auf eigne Gefahr）と書いてあるそうです。利用についての自覚を促しているのでしょう。皆さんは、高等教育を受ける知識人として、自分で考え良識をもって行動していただきたいと思います。皆さんが本学に入学されたのは、どのような動機によるものでしょう。多くの方々は、本学の歴史が古く、品性ゆたかな学風で知られており、就職率も抜群であるなどの理由で選ばれたのではないかと存じます。

中世、ボローニャやパリで始められた大学は、教皇・帝王と並ぶ勢力をもち、近世にはベルリン大学などが真理探究の場として再生しました。日本では明治初年から多くの大学が誕生し、戦後、短期大学がこれに加わりました。本学も昭和三一年、高校の専攻科を母体として創立され、五三年、南町田に広い校地を求めて移転しました。短大は、昨年、創立四〇周年を祝いましたが、来年、平成一〇年には、東京女学館は創立一一〇年を迎えます。ご承知のように、創立者伊藤博文は日本初代の内閣総理大臣であり、貴族院議長であり、大日本帝国憲法の起草者でもあります。伊藤公は、当時、船で三ヶ月もかかるヨーロッパに出かけ、ドイツの憲法学者グナイストにプロイセン憲法を学び、帝国憲法を制定しました。東京女学館は憲法発布の一年前の明治二二年につくられました。近代国家の発展には、女性の地位の向上が不可欠と考え、渋沢栄一、岩崎弥之助らに呼びかけて設立したもので、驚くべき慧眼といわねばなりません。

今、科学の進歩によって、宇宙の果ては一五〇億光年と推定されています。半世紀前、地球から一番遠い宇宙は三億光年くらいといわれていました。二一世紀にはもっと素晴らしい宇宙生成の秘密が解き明かされることでしょう。宇宙の広がりと反比例して世界は益々狭くなり、私どもは半日もあればヨーロッパやアメリカへ行くことができ、インターネットによって瞬時に地球の裏側の人とコミュニケーションをとれる時代がきています。本学では、渋沢雅英館長がアメリカの大学で長く講義をされるなど、多くの友人を海外にもたれ、そのお力添えで、昨年に引き続き、この夏もオレゴン州のポートランド大学で海外語学研修を実施することになりました。北西部のポートランドは、気候温暖で自然環境に恵まれ、アメリカ全土でも最も治安の良いところに数えられています。夏の短大研修プログラムへの参加をご検討下さい。それは、取りも直さず、建学の理念である国際化、情報化にも適うものでありましょう。

今、スタートラインに立った皆さんは、学問にスポーツに情熱を燃やしておられると思います。しかし、ときには壁に突き当たり挫折感を味わうかも知れません。南原繁先生は、政治学者として、第二次大戦の開戦に反対し、また、終戦を早めるべくひそかに努力された方です。先生は、学徒出陣で教え子を教室から戦場に送る壮行会で、霊魂の不滅を説き、また、ゲーテのファウストの苦悩について語り、学徒兵への餞《はなむけ》とされました。「天の一番美しい星を取ろうとするかと思えば、地の一番深い楽しみを極めようとする」世界の文豪も味わった人間的な苦悩を乗り越えて、本学での学業を全うして下さい。

入学にあたり、心掛けていただきたい二、三の注意を申し添えます。第一に、良き友を得ること。新入生は広い地域から集まっています。生涯の友をぜひ本学で見つけて下さい。第二に、学内には四年制大学に負けない立派な図書館や情報処理施設、ＬＬ教室、縄文時代の土器を揃えた学術資料館があります。勉学のため、大いに活用して下さい。最後に、健康です。昨年、全面改装したグラウンドや体育館など充実した施設で先生方が熱心に指導して下さいます。きょう、入学された皆さんが、心身ともに健康で潑剌とした青春を過ごされるよう念じつつ式辞といたします。

22　短期大学における情報教育

社会の高度情報化の進展に伴い、大学・短期大学の情報教育は今や必須の内容となっている。特に、修業年限二年の短大は、四大と専修学校の狭間にあって、いかにしてその identity を保つかに苦心してきた。短大における情報教育の目的は、我々の身近なメディアから世界にまたがる広範囲の情報に至るまで、その情報の持つ意味、問題、価値などを的確に把え、有効に活用する能力の育成にある。

そのための教育体系を、東京女学館短期大学では、四本の柱によって構築する。第一に、家庭・地域・世界の問題や企業組織・経営に人間の特性への認識を深め様々な場に対応できる理論と応用に関する教育、第二に、具体的な問題把握と解決のための情報の収集・分析・活用・評価を可能にする科学的手法、第三に、これらの情報を効率的に処理できる情報メディアの実践的技術の習得である。この三本の柱により、幅広い知識と適応力・技術力を磨きつつ、第四に、情報の基礎技術を含め、各教員の専門分野のゼミを通じた学習によって、学問の意義を会得してもらうべく工夫を重ねている。

限られた時間内で、そのすべてをキャリアアップに役立つレベルにまで引き上げることは容易ではない。カリキュラムの作成に当たっては、内容を厳選し、基礎的知識を重視するとともに、学生自ら応用能力を開発し、創造性を発揮できるようにする指導が不可欠と考える。情報化時代への警告として、コンピュータに依存する結果、人間関係が希薄になり、対人的問題の処理に欠ける傾向が懸念される。本学では、情報社会学科の開設に当たり、特にこの点に留意し、技術面のみを偏重せず、倫理観を含め、人生に対しより深い洞察力を持った人材を育てるよう心がけてきた。併設の国際文化学科で開講されている多くの講義科目の選択を認めているのも、このような配慮に基づくものである。

他方、最近の情報機器の発達は、日進月歩の勢いで止まるところを知らない。就職の氷河期とはいえ、高齢化・少子化による労働人口の減少を考えると、情報教育を受けた短大女子卒業生の活躍への期待は、今後、益々高まると言えよう。本学でも、平成一〇年度以降、一定の科目を履修すれば、全国大学・短期大学実務教育協会を通じて、優れたビジネスセンスと高度の情報処理技術を持つ者として、情報処理士・上級情報処理士の資格を取得できることとなった。この資格を得られる短大は数少なく、学生のニーズにも応え、社会にも貢献できるものと確信している。

私立大学情報教育協会発足以来二〇年を経過し、加盟大学・短期大学の情報環境整備も飛躍的に向上した。二一世紀のフロンティアと言われる宇宙への挑戦を目指し、宇宙探査に直接関わる理工系の加盟大学の存在は心強く、私どもを奮い立たせてくれる。また、昨夏、ハワイ・コミュニティ・カレッジ・システム、全国公立短期大学協会、日本私立短期大学協会の共催による日米短大国際交流セミナーに参加し、遠隔教育を実地に見学して、離島間の情報教育の必要性を改めて認識させられた。過疎地と都市、地上と宇宙を結んで果てしなく拡がる情報教育の前途には、洋々たるものがある。実利と夢の双方を追い求めつつ、加盟大学間の連携を強め、情報教育のさらなる振興を願ってやまない。

23　卒業を祝う

日本女子大学文学部及び大学院の皆さん、ご卒業おめでとうございます。きょう、皆様の晴れの日にお招きをいただき、一言およろこびを申し述べる機会を得ましたのは、私のこの上ない光栄とするところであります。

優れた素質をもって全国から選ばれた皆様方は、伝統あるこの学び舎に、四年間、あるいはさらに多くの歳月、ひたすらに研鑽を積まれ、文学士あるいは修士・博士として巣立つ日を迎えられました。ご承知のように、英語で卒業 graduate とはこれで終わりというのではなく、一つの grade からさらに高い grade へと進むことを意味します。とくに最近の日進月歩の技術革新の時代には、学校を卒業しても勉強はまだまだ必要です。本学の創始者成瀬仁蔵先生が早くから提唱された生涯学習は今や当然のこととなってきましたが、皆様方も大学で学ばれた学問を基礎に、さらに広い教養を身につけられるよう願ってやみません。教養とは何でしょう。人によっていろいろ解釈はありましょうが、その核心は知性による個性の開発であります。事物を知るというのはそれを通して己れ自身を知ることに外なりません。ソクラテスが「汝自身を知れ」と説いたように、真の知性はそれによって自らを知り、個性を作りだすことにあります。私どもは、マス・メディアを通じて、昔とは比べものにならない数多くの知識を瞬時に手に入れるようになりました。しかし、世界の珍しい出来事や個人のプライバシーをいち早くキャッチする人を教養の高い人とは、誰も考えないでしょう。知性の裏付けのない知識を持つのは単なる物知りに過ぎません。皮肉なことに、情報のあふれている現代ほど、個性の喪失、教養の貧困が過去のどの時代に比べても社会の病弊とされているときはありません。吉田松陰は、刑死の前夜、自らの短い一生を振り返って、「平生学問の力然るなり」といい、最後まで読書にふけったそうです。従容とした態度こそ真の教養によるものというべきでしょう。

人の一生にはいくつかの節目がありますが、学生生活に別れを告げることは、何といっても大きな節目の一つであろうかと存じます。今、皆様の胸には果てしない希望と同時に未知への不安も去来していることでしょう。人生八〇年といわれる時代となり、若々しい皆さんには、少なくとも五〇年、六〇年の輝かしい前途があるわけです。それを意義あるように送るかどうかは、ひとりひとりの今後の歩みにかかっています。

戦後四〇年あまりを経て、多くの人々の努力によって平和が保たれてきましたが、世界も日本も一つの曲がり角に立っています。とくに最近では、教育の危機が叫ばれ、多くの人の関心が教育に向けられています。その中にあって、大学、また学問は伝統的に大きな自由を与えられてきました。学問の自由とよばれ、大学の自治といわれるものです。その自由は、戦前戦後、先人の苦悩に満ちた闘いによって守られてきました。日本で数少ない真の意味のリベラリストであった憲法学の宮沢俊義先生は、民主主義の真髄について、「他人の苦痛を耐えるに強靭であってはならない」と述べられました。ひとの苦しみに冷淡である者は、真の民主主義者ではないという意味です。民主主義はお互いの間の対立を妥協させ、複雑な人間関係のバランスの上に正義を実現することを生命とするものです。相手の意見にも耳を傾け、反対の立場に立ってものを考える寛容さと思いやりが、個人の間はもちろん、国際間の摩擦の解消にも必要であろうかと思います。

皆さんがそれぞれに帆を上げて船出していく実社会には、波おだやかな凪の日もあれば、怒濤さかまく嵐が待ち受けているときもありましょう。巨大な社会の歯車の一つとして日々繰り返す仕事は、益々複雑に厳しさを増すことが予想されます。しかし、人は困難に立ち向かうほど、大きな力を発揮できるものです。与謝野晶子は「劫初《ごうしょ》よりつくりいとなむ殿堂に我も黄金《こがね》の釘ひとつうつ」とうたいました。天才歌人にしてなお、黄金の釘一本打ち込むために生涯精魂を傾けたのでしょう。また、東京都に荒川放水路を完成させた土木技師である青山士《あきら》は、「自分の生まれたときより少しでも世の中をよくして残したい」という内村鑑三の言葉を終生のモットーにして仕事に励んだといいます。パナマ運河の開削事業への参加をはじめ、いくつかの治水工事を手がけながら、その名はあまり知られていません。しかし、無名の技師が雄大な構想と先見の明に基づいて作り上げた放水路のおかげで、一、〇〇〇万都民は今なお限りない恩恵を蒙っているのです。

私事にわたりますが、丁度四〇年前の今日、私もこの成瀬講堂で卒業証書をいただきました。さらに三〇年さかのぼりまして、大正八年一月、成瀬先生が有名な告別講演をされましたとき、母が付属高女に在学し講演を伺ったと聞いております。信念徹底、自発創生、共同奉仕の三大綱領を切々と満員の聴衆に語りかけられた先生の最後の教えこそ、光輝ある日本女子大学の存立・発展の原点であると信じます。

二一世紀まであと一〇年あまり、皆さんはその頃社会の各分野で活躍しておられることでしょう。情報化が進む中、機械に置き換えられない人間性・創造性がこれまで以上に問われる時代になると存じます。日本女子大学の益々のご発展と諸先生並びに卒業生の皆々様のご多幸を念じつつ祝辞といたします。

24　新しい時代の女性の生き方

渋谷女子高校のみなさん、こんにちは。

きょうは東京都学事部からのご依頼で田村哲夫校長先生のお求めに応じ、こちらの学校に参上することとなり、光栄至極に存じます。こちらに参りましたのは初めてでございますが、校長先生は私の後輩で素晴らしい先生でいらっしゃいますし、本校の卒業生の中にも私の勤めている都立商科短大に入学して勉強しておられる方があり、またこれからもお出でいただける大事なお得意様でございますので、皆様には一生懸命お話を申し上げなければならないと思っております。きょうは新しい女性の生き方についてお話をするようにとのご指示をいただいております。現代ほど女性がはつらつと新しい生き方を求めて前進している時はないでしょう。まさに女性の時代、女性の世紀といってもよいかと思います。しかし、新しい時代はようやく始まったばかりです。私どもの時代、いやもっと溯って古い時代の女性が歩んできた道を振り返ることが、皆さんの未来を考える一つの手掛かりになるかと存じます。

名古屋経済大学教授の水田珠枝先生は、岩波書店から『女性解放思想の歩み』（昭和四八年九月)という本を出しておられます。お読みになった方もあろうかと思いますが、主として西欧における女性解放思想を説いておられます。この本の冒頭で、先生はこれまでの歴史は男性の歴史であったということから書きはじめておられます。先生によると、世界史の中に出てくる女性の名前はクレオパトラとかジャンヌ・ダルクとか何人かありますが、それを並べてみても人類の歴史にはなりません。皆さんが勉強しておられる日本史を思い出しても、卑弥呼とか紫式部など日本史に名を留める女性の名前で歴史書のページを埋めることは出来ないでしょう。それは何故でしょうか。男性が生活に役立つ資料を生産し文明を築き上げている間に、女性はひたすら子を生み育て家業を助けて働いてきました。つまりより本能に近い生命の生産に携わるのが女性の立場であり、生活資料の生産に携わる男性に大きく遅れをとることになったと水田先生は考えておられるのです。最近、日本に来られたイワン・イリーチという人が、ペイされる仕事とペイされない仕事という風に男女のこれまでの役割を跡づけているのも同じ趣旨と思われます。水田先生は学術会議でご一緒に仕事をしたことのある政治学の専門家ですが、次に私の専門である民法、とくに家族法の世界に女性の地位を少したずねてみることにしましょう。

結婚の形態が女性の地位と密接な関係のあることはよく知られていますが、日本でも平安期のころまでは、夫が妻の家に通ってくるいわゆる招婿婚、妻問い婚という形が普通でしたので、妻はいわば実家にとどまって家庭を持つという感じで、比較的高い地位を維持することができました。それが鎌倉時代から夫の家に妻が嫁入りする娶嫁婚が一般化し、日本における女性の地位は次第に低くなってきました。うら若い娘が姑、小姑をはじめ大勢の夫の家族のいる婚家に取り込まれるわけですから、当然嫁の立場は弱いものになります。お嫁さんという文字が示すように、女は他家に嫁して家の外にいるのですから、厳しい仕打ち、冷たい目にさらされることも度々でございました。

江戸時代、夫は天と思い返す返すも口答えをしないようにと説き、たとえ夫に間違ったことがあっても、これを諫めはしても敬わねばならないと夫にだけ都合のいい「女大学」が要求されたのは皆様ご承知の通りです。一生懸命尽くしてもなお家風に合わない嫁として、身一つで追い出されることも少なくありませんでした。「女は三界に家なし」といわれ、幼にして父母に仕え、嫁して夫に仕え、老いては子に従うのが女性の道徳とされました。家族生活の中で夫は何をしても自由であり、いやになれば何時でも妻を離別できる自由があったのです。これに対して妻の方から夫に離婚を申し出るなどもっての外で、絶対に許されませんでした。夫は「我等勝手につき離別申し候」などと三行半に書いた離縁状を妻に渡せば離婚が成立しました。嫁を迎える貰い状が七行であったので、ちょうどその半分というところから、三くだり半ともいわれました。中には字の書けない夫もあり、その場合には半紙に三本半墨で竪線を引いて渡せば良かったというのですから、まことに不合理な話でした。このように厳しい掟がある時、例外として抜け道を許すのは洋の東西を問わずあることです。皆さんが名前をお聞きになられる縁切寺がそれで、どうしても夫と別れたい妻のために設けられました。ただし、夫に捕まらない中に駆け込まねばならないのですから、大変な決心を要します。関東では、上州の満徳寺や鎌倉松ケ岡の東慶寺がございました。夜中にそっと婚家を抜け出しても、かなりの道程ですから、よほどの健脚でないと夫の側の追っ手に捕まって連れ戻されてしまいます。意を決して走っても、東慶寺の山門近くでうしろからひたひたと追いかけられるような場合には、履いている下駄を脱いで、門の中に投げ込んでも良いという定めで、大変きわどい光景もしばしばあったようです。駆け込めばそれで良いかというとさにあらず、髪を切って尼になり、三年間の修行をしなければならず、妻が離婚を求めるのは夫のそれとは大きな違いでありました。当然、多くの人は駆け込み寺にも入れず、そのため、各地に縁切り榎という榎があり、どうか夫と別れることができますようにと願をかけ祈ったという話です（穂積重遠『離縁状と縁切寺』昭和一七年一二月、日本評論社）。

明治時代に入って、新政府は近代国家に必要な憲法・民法・刑法などの法律をドイツやフランスにならって次々に制定しました。しかし、民法の親族・相続法については、フランスのような自由主義国家の法律を日本の家庭に持ち込んではよくない、「民法出でて忠孝亡ぶ」とのキャッチフレーズを当時の法律学の権威であった穂積八束《やつか》先生が主張、いったん出来たフランス風の条文を全部書き改めて、家族制度を明治民法に採り入れました。民法の我妻栄先生の言葉を借りますと、キリスト教に三位一体《さんみ》というのがありますが、日本の家族制度も家があり、家の長としての戸主―原則として長男です―が支配し、さらに戸主の地位と全財産を相続する家督相続の三位一体から成る封建的な武家の制度にならったものでした。この制度が出来たために明治民法以来数一〇年の間、娘や妻は鎌倉時代や江戸時代よりいっそう低い地位に甘んじなければならなくなりました。女性ばかりでなく、次三男も時には親の財産をもらえず、身一つで働きに出るしかないという時代もありました。東北地方の諺に、「オジのものは何もない、猫のゴキまでアニのもの」というのがあり、オジは次三男、アニは長男のことで、猫にかつぶしご飯をやる茶碗まで跡取り息子のものといわれたのです。

日本は太平洋戦争に敗れたあと、日本国憲法が初めて個人の尊厳と男女の平等を謳い、昭和二二年、親族・相続法が我妻先生や中川善之助先生など民法の先生によって全面的に書き改められ、家制度を廃止し、財産も男女平等に相続することとなりました。それでも家という言葉は今なお根強く残っております。ジューンブライドと称し六月の花嫁は幸せになると信じられ、あちこちの結婚式場が賑やかでありますが、山田家と加藤家の式場と書かれていて、山田太郎と加藤花子の結婚式というのは、ほとんど見当たりません。いまだに家と家との結び付きが少なくとも形式的には残っているわけです。ともかく家族の法律の上で女性の地位はようやく男性と対等の地位にたどり着くことが出来ました。

ところで、結婚や離婚の現実はどうなっているのでしょう。結婚に関する最近の傾向を、樋口恵子先生は三つに分けておられます。第一は、結婚に対する乗り降り自由という考え方です。昔のようにいくつになったら早くお嫁にいかなければならない、別れてはいけないなどと言わず、結婚するもしないも自由、いくつで結婚してもよし、結婚の舞台から降りて別れても差し支えないという考え方が強まっております。第二に、結婚生活に求めるものも多様化してきました。従来のようなワンパターンでなく、友達のような夫婦、共稼ぎの協力者などいろいろあり、皆さんも新しい生き方をしたいという夢を抱いておられると存じます。第三に、女性がこれまでのように受け身でなく、家庭の運営も子供の教育も離婚も女性主導で行われるケースが多くなっています。また結婚する人の割合や平均初婚年齢もだんだんと変わってきております。我が国はこれまで文明国の中で最も結婚する割合の高い国でありましたが、最近これが随分下がってきました。昭和五〇年に結婚する人は年間九四万組もあったのが、昭和六一年には七一万組となり、一〇年で二〇万組も婚姻率が減少しています。初婚年齢も、男二八歳、妻二五・五歳と一〇年前より一、二歳アップして、いわゆる適齢期という言葉も意味がなくなってきました(平成一一年に男二八・七歳、妻二六・八歳)。結婚に対する女性の考え方も、以前は女の幸せという考えが支配的でしたが、この一〇年で約一割減って、自立できればあえて結婚しなくてもよいという意見が増えております。家庭は男性の明日の活力を養う場、憩いの場というのも、女性にとってはどうかと問われ、一方的な結婚観は流行らなくなりました。男女は対等な人生の伴侶として歩まねばなりません。

その結果、田村先生が女性の生き方と教育について書いておられますように、結婚の条件についても、相手の人柄や生活態度に重きが置かれ、新しい結婚の目標となりました。「間柄から人柄へ」と言い表わす方もございます。家族のもつ役割も、生産の主体や祖先祭祀の役割が縮小して、未成年の子を育てることが中心になりました。家族は小さくなった代わりに、荒海に木の葉のように揺れるボートと同じく、一寸したきっかけが崩壊につながり、離婚も増える傾向にあります。我が国の離婚は、昭和五八年に一七万九千組に達し、六一年には一六万六千組（平成一一年に二五万組）となりました。別れる理由も、性格の違いが一位を占め、人生観が家庭崩壊の引き金になる状況を示しています。申し立ても女性主導で、妻から離婚を求めるのが全体の四分の三、その代わり、妻の四分の三が子供を引き取って育て、以前のように婚家に子供を置いて生涯会うことも出来ないといった悲劇はなくなりました。離婚の際には、夫婦で協力して築いた財産の約二分の一を、通常、妻から夫に請求できるようになり、子供を育てながらたくましく自立する新しい女性が増えております。日本ばかりでなく、アメリカやロシアでも離婚が急増しているのはよく知られています。アメリカでは二組に一組が別れるくらいで、最近アメリカに行かれた一橋大学の先生から伺ったところでは、数人の若い男性の集まりではほとんど全員が離婚経験者という場合も珍しくないそうです。その代わり、アメリカではコミューンをつくって、お父さんのない子、お母さんのない子を一つの家で育てたり、さまざまな工夫をして子供達に淋しい思いをさせないようにしているということです。離婚をする場合、子供の幸せを考えてほしいという要望書が、日本で児童福祉施設から出されているのも、子供達の被害を最小限にくい止めたいとの願いからでありましょう。

結婚と離婚について大雑把に見て参りましたが、次に、一人一人の女性の側から、ライフサイクルについて考えてみたいと思います。「女の一生」という小説がありますが、女性の生涯にはさまざまな変化が起きております。人生八〇年時代に入り、例えば、大正九年の女性の平均寿命が四三歳であったのが、昭和二二年に五〇歳、二五年に六〇歳、三五年に七〇歳、そして最近にはついに八〇歳を超えました。日本は世界一の長寿国、とくに女性が長寿となっております。一七世紀のころ、三六歳の婦人が自画像のそばに、「昔は若かったのに今はこのように変わり果てた私です」とサインしたものがフランスにあるそうです。つまり、昔は三五、六歳で高齢というイメージがあり、それに比べると今の女性は実にいきいきとして素晴らしいと思われます。

第二に、子供の養育期間の短縮です。これも女性のライフサイクルでは特徴的な出来事で、第二次大戦直後に子供の数は日本で平均四・五人でしたが、最近では一・五人と減少し、二〇歳から三五歳までに産むのでまとめ産みといわれ、少子化が進んでおります。そうなると、昔は結婚して子育てが終われば一生が終わりに近づくパターンで、少女時代が一、子育てが一、その後の人生は〇・五の割合となり、子育て後の人生については、あまり問題にされませんでした。ところが、昭和六〇年には一対〇・八対一、つまり結婚するまでより子育ての時期は短く〇・八、子育て終了後の人生はさらに伸びると予想されます。従って、妻であり母である以上に、個人として如何に生きるかを考えなくてはなりません。NHKの国民生活調査によりましても、主婦の家事労働時間は戦争中には一日一〇時間三〇分以上あったのが、昭和三五年に七時間一二分、四〇年に六時間五九分とどんどん短くなり、現在は乳幼児がいたり介護に当たる場合は別として、概ね数時間ですから、余暇をどう過ごすかが大きな問題になってきました。趣味を持ち、カルチャーセンターに通うなどの外、社会に出て働く既婚女性が大幅に増え、国連婦人の一〇年以降、この傾向はいっそう強まっております。

もう一つ、女性のライフサイクルに関わる問題として、日本は世界でも有数の高齢化社会に直面しております。老人が増え、昭和五五年には労働人口八人に対して一人の老人負担であったのが、三〇年後には三人で一人の老人を養うことになり、老人に対する負担がさらに重くのしかかります。老人問題は暗い話という印象をもたれるかも知れませんが、老人福祉に関する研究の第一人者である一番ケ瀬康子さんは、高齢者が多いのは平和と豊かさの結果なのだから、あまり悲観的に捉えず前向きに考えようと呼びかけておられます。ただ老人の男女差は男一に対し女三で、二一世紀は間違いなくおばあさんの世紀になると予想する人もあります。

そこで、女性の目から見た高齢化社会の問題の一つとして、年をとっても経済的にゆとりある生活が送れるかという心配があります。第二に、子供と同居するか、別居かの問題。第三に、だれが老人を介護するのか、これは女性の生活に最も直接の影響を及ぼします。介護を要する老人を一〇〇万人として、介護者の九割以上は女性であります。従って、女性解放、女性の社会進出といいましても、老人問題に足を引っ張られのでは、その実現は困難になります。九割の女性のうち嫁が三分の一、妻が三分の一で、古女房、中年の嫁が老人の介護に当たっております。男性の多くは家庭に老人や病人がいても、それに煩わされず社会で活動ができますが、これまでの女性は老人介護の重い責任を負わされてきました。数年前の調査で、体が不自由になった時、誰に看病を頼むかと尋ねたところ、嫁と答えたものが日本では三〇・四％なのに対し、アメリカでは一・九％、イギリスでは一・七％、フランスも同じく一・七％で、お姑さんはお嫁さんの介護をあてにしていない点が目立っています。一方で、悩み事の相談相手は誰がよいかと問うたところ、嫁に相談するのが日本では一七％であるのに、アメリカ、イギリス、フランスはそれぞれ一三％前後で、日本では嫁に世話になっても相談は実の娘、息子にと、依然として嫁を労働力と考える傾向にあります。世話になるなら、相談もお嫁さんにするのが筋でありましょう。老親を引き取る場合にも兄弟で譲り合い、引き受ける人はトランプのババ抜きのようだと嘆く話も聞かれます。介護者は外出できない、自分の時間を持てない、経済的負担も大きいなどあって、一人でやれば先ず三ヶ月でダウンすると言われ、こうした問題に私どもは否応なしに直面せざるを得ません。高齢者も最後まで活動的で、知的で、少しでも人の役に立つことが目標とされるべきでしょう。

いずれにしても、これからの皆さん方の未来はある意味で私どもの切り拓いてきた時代よりもはるかに難しい面もあろうかと想像されます。先程から法律問題、ライフサイクル、高齢化社会などいろいろ見て参りました。最後に、新しい女性の生き方はどうあるべきかという問題についてですが、これは私が申し上げるまでもなく、皆様お一人お一人が大きな白い紙にたっぷり墨を含ませた筆で、筆太にご自分の将来を書いて下さると存じます。袖井孝子先生も言っておられますように、経済や政治は目まぐるしく変わっても、人間の心はそう簡単には変わらず、人間教育のあり方などはまだまだゆったりとした歩みを続けていくものと思います。私どもの短大の学生の生き方を見ても、手堅く将来を見つめているように感じられます。就職に際しても女性が長く勤められるような職場を選び、保育所の整った企業に入り、あるいは、在宅のプログラマーとして家庭との両立を図っている人もあります。

縫田曄子先生が、立川短大に講演にお出でになった時、学生に絶対言ってはならない言葉として、「どうせ女だから」をあげられました。どうせ女性は仕事も長くは続けられないなどと言ってしまい勝ちでありますが、男女がともに才能を生かし、仕事にも家庭生活にも取り組む時代がきていると思います。双方から歩み寄らなければ、成果は上がらないわけで、樋口先生のように「男女の相互乗り入れ」と表現される方もあります。ただ現実に、もし子育てと仕事が両立しない時はどうすればよいでしょう。日本で最初の女性裁判官であった三渕嘉子先生は、子育てを先にし仕事をいま少し先に延ばされてはどうですかと書き残されました。男女を問わず、次ぎの世代を大切にと考えられての発言と思われます。どうぞ皆さん方もそれぞれに人生の青写真を描きながら、二一世紀をたくましく生き抜いていかれるようにと祈りつつ、私の話を終わらせていただきます。ご清聴有り難うございました。

《追記》ほぼ同じ内容の話を、ピンチヒッターとして頼まれた東京女学館高校でもお話しした（同校の校内誌「菊」平成八年度号）。

四　家族法研究ノートより

25　離婚あれこれ

秋の結婚シーズンたけなわな昨今、婚姻率が低下したとはいえ、大安吉日の式場は押すな押すなの盛況であるが、「離婚の季節」もあるのだろうか。加藤一郎先生は、結婚が計画性をもって行われるのに反し、離婚は偶然の事情できまるから、離婚シーズンがあるかどうかは疑問だとしながらも、季節によってある程度件数が上下することを指摘される（『図説家族法』昭和三八年、有斐閣）。陽春の候は、いままでのゴタゴタを打ち切って、新しい生活に再出発する好機であり、冬は燃料費や衣料費がかさんで、婚姻の破綻に拍車をかけるということであろうか。中川善之助先生も、「寒波は離婚を増し、暖暑はそれを減らす」「一月が寒いのに低率であるのは正月についての縁起的な心理に基く」「三月には抑制された離婚が爆発する」などの推断を下しておられる。

ところで、結婚の危機は何年ごとに訪れるのであろう。以前は、結婚後半年から一年が第一の最も危険な時期であり、七年あたりがいわゆる「七年目の浮気」の危機、一四、五年目が、ささやかながら、第三の危機であった。しかし、最近では、中高年離婚が増え、二〇年以上たって別れるものが八・五％（昭和五八年）にも達している。第四の危機もあり得るのだろう。都道府県別では、日本の南北、すなわち、沖縄と北海道が最も離婚率が高く、それぞれ、二％を超える（昭和五八年）。例えば、北海道では、出稼ぎが多く、開拓民の血が流れている道民のあいだで、世間体を気にしない風潮が挙げられている。同じように、自由な大都市で離婚が多いのは当然としても、福岡・青森・宮崎・高知が都市部を上回り、島根・山形・滋賀が最も少ないのは、どういう理由によるのか判然としない。

離婚を最初に言い出すのは、妻からが多く、家庭裁判所に申し立てる場合、妻からの申立てが夫のそれの約三倍となっている。「子はかすがい」という意識も昔ほど強いものではなくなり、昭和二五年には親権を行う子のいない離婚の割合は四二・七％であったが、五六年には三一・二％と減少している。親権が母に帰属する離婚も七割に達し、アメリカ映画「クレーマー対クレーマー」のように、父親が子を引き取って悪戦苦闘する例は多くはない。

離婚件数は年を追って上昇しているが、離婚理由として、男女ともに「異性関係」が減少し、「性格の相違」が増えており、夫婦の人間関係が悪化していることの反映と見られる（経済企画庁『図でみる生活白書』昭和五八年版）。裁判離婚でも、責任がいずれにあるかを問わず、破綻を理由に離婚を認めようとする潮流の中で、最大の問題は、自ら婚姻を破綻させた有責配偶者からの離婚請求を認むべきかであろう。最高裁判所は、昭和二七年に、妻を残して愛人のもとに走り、その間に一子を儲けた夫が離婚を迫ったのに対し、「法はかくの如き不徳義勝手気儘を許すものではない」として、これを斥けた。その後の判例の積み重ねで、婚姻の破綻に「もっぱら又は主として原因を与えた当事者」は、自ら離婚請求をなし得ないという、消極的破綻主義が確立していた。学説は、これを支持するものと、手きびしい批判を加えるものに分かれる。

諸外国でも、最近一〇数年間に、有責主義から限定的破綻主義へ、さらに一定期間の別居だけで離婚を認める一般的破綻主義へと大きく動き、離婚の自由は急速に拡大しつつある。

中川善之助先生は、かつて、「夫に殺されそうだ」という婦人の法律相談を受け、引取り先までとりはからったところ、数日後、仙台の盛り場を夫婦仲良く歩いている姿を見て驚かれたという。犬も喰わぬ夫婦げんかや別れ話を俎上に載せて、如何に料理するか、離婚法の進路は、今後ともに多難であろう。

26　離婚と子の福祉

「国連婦人の一〇年」の最終年に当る今年（昭和六〇年）ほど、国の内外で男女間の差別撤廃が論じられ、女性の地位の向上に関心が集まったときもなかろう。六月には、数年来はげしい論戦の的となった男女雇用機会均等法が難産の末誕生した。七月のナイロビNGO会議には、東京都からも女性海外視察団が派遣され、国際交流の輪に加わった。その成果は、熱気溢れる'85都民会議の場で報告されたばかりである。

人生八〇年時代を迎え、女性のライフサイクルは変化し、子育て期間が短くなり、社会に働く女性は、二〇年前の約二倍、一、四〇〇万人に達した。とくに、既婚者の就業率の増加が著しい。結婚生活において、夫の側に大きな進歩がみられないのに反して、妻のイニシアティブの増大が目立つ。調停離婚の申立人も、妻が四分の三と圧倒的に多い。妻たちは、今や、働きつつ子を引取って育てるたくましい母親に変身した。かって、中川善之助先生は、離婚法を離婚と子の保護の二つの焦点をもつ楕円に例えられたが、女性の自立によって、「児童に対する必要な保護」(国際人権規約B規約二三条)を目標とする全円形となろう。昭和三〇年代の後半から増え続けたわが国の離婚は、昨年(昭和五九年)は実数一八万一、〇〇〇組にのぼり、将来の動向はなおはかり難い。離婚の自由は、妻の立場からは、夫の不貞や虐待侮辱から逃れる人間性回復の手段として論ぜられる。しかし、離婚する夫婦の約三分の二に未成年の子がありながら、離婚の最大の被害者である子の人権を守る叫びはあまり聞かれない。

児童福祉法による養護施設は、現在、全国に五〇〇ヶ所あまり設置され、三万人の児童が入所を余儀なくされている。その中、三七％の児童は親が離婚しており、とくに父子家庭に基因する委託が多い。夫婦不和の渦中にいるより単親家庭の方が明るいとはいうものの、やはり、離婚は児童の人間形成に深刻な影響を与えずにはおかない。昭和五七年、全国の養護施設関係者が実施した「養護施設児童の人権と親の離婚についての調査」によると、生活難、親への不信、非行、学業不振の他、実親および継親からの暴力、子殺しなどの虐待が報告されている。子らの声なき声に代わって、施設関係者は、家族関係法ならびに福祉関係法の見直し、離婚に伴う被害を最小限にとどめるための公私の専門相談機関の拡充、児童福祉施設等の充実、単親家庭福祉施策の樹立、教育制度の改革等を訴える。

都政の中でも、児童の人権を擁護し、福祉をめざして様々の施策が行われてきた。立法上も、以前から要望の強かった特別養子制度が、制定に向けて動き出しつつある。「おんな子ども」と一把ひとからげにいわれてきた女性は胸を張って歩み始めた。今後は、二一世紀を担う子どもの幸せのため、国も地方自治体も、そして父母も、よりいっそうの努力を傾けるべきではなかろうか。

27　訪中記

中日友好協会では、国交回復後、毎年女性法律家を中国に招き、相互理解を深めている。その肝煎《いり》で、私ども第二次婦人法律家訪中団が、北京、昆明、上海の各地を訪れたのは、昭和五五年の夏であった。文化大革命後、荒廃しきった法も法学もようやく再生の息吹きを見せはじめ、たまたま、前年の全人代で作られた刑法、刑事訴訟法など多くの法が年初から施行されるという記念すべき年にめぐり合わせることができた。

一行は、最初の数日間を北京に滞在し、まず、北京大学を訪問した。九〇余年の歴史をもつこの大学は、郊外の閑静な大学街にあり、キャンパスには池や大木の茂る丘が連なり、全学生数七、〇〇〇人とは思えぬ静けさを保っていた。法律系は比較的小さい学部であるが、履修課目は二〇数課目もあり、学生は卒業後、法院・検察院等に配属されるという。入学試験は、日本の共通一次試験のような全国統一試験で、合格者は成績順に各大学に割り当てられる。当然、北京大学は最難関校の一つであり、人口に比して大学数が少ないため、合格への道はきわめて厳しいと聞かされた。

訪中団の団長である三渕嘉子弁護士は、我が国最初の女性裁判官であり、とくに、少年事件に造詣《けい》が深いことから、かねて希望のとおり、北京市西城区工読学校を見学できた。名の如く、働きかつ学ぶこの学校は、非行少年の収容施設で、約三〇〇名の生徒が、週四日は学業、二日は工場労働にはげんでいる。二段ベッドを並べた居室や食堂など、設備は十分とはいえないが、少年たちの表情は明るく、「将来数学の教師になりたい」と眼《め》を輝かせて語る様子からは、とても過去の非行を想像することはできない。記念写真を撮ろうというと、ワッと駆け寄ってくる人なつっこさは、国民性の相違からくるものであろうか。同時に、少年たちの前途をあたたかく見守る中国の行政対策がひしひしと感じられた。

さらに、北京市中級人民法院では、離婚上訴事件の裁判を傍聴した。赤い緞帳《どんちょう》が下がり、劇場のように立派な建物の中には、傍聴人があふれていた。結婚一〇数年、娘一人の家庭で、娘を引き取って別れようとする夫及びこれに応じられないとする妻及び弁護人が、それぞれ弁舌さわやかに事実を述べ立てた。離婚の端緒は、夫の兄が文革のさなかに殴打されて死亡、幼い子らとともに残された未亡人に夫が同情して、テレビの購入券を与えるなど何かと面倒をみたのが、妻の誤解を生み、夫に魔法瓶の湯をかけたり、勤務先の上司に中傷したりしたようである。いわば政治の生んだ悲劇ともいえる。裁判長は根気よく和合に導こうと努力していたが、離婚はほぼ避け難く、髪に白いものの混じる初老の夫婦の声高な争いには、胸を衝《つ》かれるものがあった。

ついで、ブーゲンビリヤの花が咲き乱れる南国昆明に飛び、雲南民族学院、雲南重機械工場では、色とりどりの民族衣裳の少数民族の人々との交歓を楽しんだあと、上海中級人民法院で刑事裁判を傍聴する機会を得た。

事件は、二五歳になる被告が、国家食料品店の店員である友人と共謀のうえ、大豆三トンの交付を不正に受け、代金を二人で分けたというものである。友人は懲役五年の刑が確定、被告は公共の財物を横領した罪で懲役四年の言渡しを受け、これを不服として上訴した。

襟首をつかまえられて入廷してきた被告と弁護人は、被告が従犯であること、日ごろ真面目な生活であること、被告は孤児で養父に拾われて育ち、貧しい老父を助けたいと罪を犯したことなどを弁明した。しかし、その主張は認められず、上訴は棄却された。恐らく、この夏には服役を終えて出所するのであろう。二度と貧しさの故に罪に走ることのないよう、養父と青年の幸せを祈らずにはいられない。

28　中国の離婚裁判傍聴記

一九八〇年六月三〇日、私ども婦人法律家訪中団は北京市中級人民法院における離婚上訴事件の裁判を傍聴することができた。傍聴に先だって次のような事件の概略の説明を受けた。

上訴人である妻は四九歳、北京市の中学の美術の教師、被上訴人の夫は五一歳、文物月刊誌の編集員で、二人の間には一六歳になる娘が一人ある。夫妻は一九六二年に恋愛結婚し、夫婦の仲は良好であったが、一九六八年頃から夫婦間の感情は衝突するようになり、口喧嘩が絶えず暴力沙汰に及ぶようになった。夫の兄が文化大革命中におとし入れられて死亡した事件が発端で兄嫁は夫の汚名をそそぐため、迫害の事実を証明する資料を集めた。夫妻は当初、幼い子をかかえて困っている兄嫁に同情し協力した。しかし、妻は次第に夫と兄嫁との間を疑い、二人が関係があるような噂を流した。夫は妻の態度に不満を感じ、身に覚えのないデマであると弁明したが妻は耳をかさなかったので、口喧嘩や暴力へと発展し、ついに食事も寝室も別々の生活となり、子供の世話は夫がするようになった。夫々の所属の指導者や同僚は何度も仲裁を試みたが効果がなかった。

夫は一九八〇年二月二〇日、北京市東城区の基層人民法院に離婚の訴を起した。法院はまず調停和解を試みたが効果がなく、審理の結果同年五月三〇日離婚を認め、妻の心を和らげるため子の監護者を母とし、父に対し子が二〇歳になるまで月一五元（月収の二〇パーセント位）の扶養料を支払うことを命じた。この判決に対し妻が上訴したため、北京市中級法院が二審の裁判をすることになったものである。

この北京市中級法院の建物は、二年前に建てられたばかりの真新しい立派なもので、法廷の傍聴席もかなりの収容人員があり、平日の午前中にもかかわらず満員であった。裁判は定刻に開始され、法廷の正面の一段高くなった席に、三人の審判員（裁判官）とその向って右端に書記員（書記官）が並んで着席した。その後方には緞帳《どんちょう》が下り、劇場のようである。裁判官の一人と書記官は女性で、この法院の民事裁判官一九名のうち女性裁判官は八名とのことであった。

当事者である夫と妻は、裁判官に向って右側に上訴人である妻、左側に被上訴人の夫が夫々傍聴席に背を向けて椅子にかけ、法廷の左右両側に向い合った弁護士席の右側に妻の弁護士（本来の職業は民間文学編集員とのことである）が席についた。夫は弁護士を断ったということで空席となっている。

裁判はイヤ・ホーンによる同時通訳で傍聴することができた。裁判長は開廷宣言、人定質問の後、双方の当事者に夫々意見を述べさせ、まず夫に発言させせた。夫は弁護士を断っただけあってなかなかの弁舌で、理路も整然たるものであった。それによると、夫の兄は研究所の所長であったが、一九六八年、文革のさ中に殴打されて死亡した。この時彼は若くして夫を失い、幼い二人の子をかかえて困っている兄の妻に同情した。この兄嫁が、自分の夫は無実の罪で迫害されて死亡したという事実を、資料を集めて党指導者に報告するというので、夫はこの手助けを何回もした。妻は当初は共に援助してくれたが、そのうち二人の関係に疑いを持つようになった。いくら彼女に説明しても聞き入れず、夫の着物を破ったり、隣人や親戚に中傷したりした。夫は体が弱い上にだんだん肝臓も悪くなったが、静かな環境が与えられず、妻は植物油も隠して使わせなかった。一九七三年二月、体を拭きたいからと妻の部屋に置いてある魔法瓶の湯をとりに行ったところ、妻は「あなたはならず者だから体など洗う必要はない」といって、夫に魔法瓶の湯をかけたので、いまだに左肩にやけどのあとがある。また、一九七八年七月、子供が宿題をやっているのに妻は大きな音でラジオをつけていた。重要なニュースでもないので、夫が音を小さくしてくれというと、妻は、中央放送を聞けと、包丁を持ち出してきてさわいだりした。一九七九年の旧正月の夜一二時過頃、妻は、消灯後寝ている夫の部屋に来て、ベッドの傍の流しの水を流して不眠症の夫を悩まし、洗面器の水を枕やベッドにかけ、急に洗面器で夫の胸をたたいたので出血した。さらに、夫が仕事を家に持ち帰るとその原稿を奪って邪魔したり、夫を尾行したり、勤務先の上司を訪ねて中傷したりした。家族は少なく家計は割に豊かで、一九七二年には三、〇〇〇元の貯金があった。このうちの半分は結婚前から夫が貯めたもので、転勤中も生活費の残りを家に全部送っていた。にもかかわらず、妻は夫が少しも金を送ってこないと人にいいふらし、病気のとき夫が金を欲しいといっても通帳を渡さなかった。一九七五年からは経済も食事も別々で、一九七六年から別居（ただし、同じ家の中で）している。妻の性格には多くの欠陥があり決して一時的なものではない。妻が家にいると罵るので、自分の健康にもよくないし、子供のためにもよくない。夫婦の間は長く破綻しており、共に生活する可能性も全くないので離婚の気持は変らない、と淀みなく述べた。

これに対し、妻は、次のように反論したが、時折傍聴人の中から失笑が起った。自分は幻聴幻覚という病気にかかって、神経衰弱であったにもかかわらず、夫は妻に暴力をふるい罵ったりする（妻はここでそのときにこわれた眼鏡を出してみせた）。夫は理由もなく妻を罵ったり殴ったりするが、社会主義の国で認められることではない。油を使わせなかったというが、夫は常に妻の油を使って食事をとり、しかも配給制なのでなかなか手に入らない。子供の勉強中ラジオをつけた件については、ふつう子供は父の部屋で勉強しているが、その際は遊んでいたので、子供を休ませるためにつけたのである。夫は一日中家にいて、子供を家に閉じこめ、子供を映画や演劇に連れて行くが、子供には休憩も必要だし運動もさせなければならないと思う。夫は子供を私に会わせないで、罵らせたり殴ったりさせた。また夫は、肝臓が弱いので静かな環境が必要であるというが、部屋が狭いので（大体二Kが多いようである）、顔や足を洗った洗面器の水を捨てようとして持ち上げた際、彼が罵ったので喧嘩となり水がこぼれたもので、わざと夫にかけたのではない。水を捨てるだけでどうして研究の邪魔をすることになるのか。さらに、裁判官の問いに対して、自分も夫を一、二回位殴ったことがある。また非常に怒った時は罵ったこともある。自分の過ちはせっかちで冷静でない点である。しかし一九八〇年三月以降は殴ったこともないし、病気の体で家事をやり、家計の面でも夫の金は使っていない。これ以上夫が殴らなければ夫婦の間は改善できると答え、あくまで離婚に応じなかった。

次に妻の弁護士が弁論に立った。まず、妻が夫の不貞を疑ったのが破綻の原因ということは承服できない。夫が離婚の目的を達しようとして、妻をいじめ、妻を遺棄したのであって、破綻の原因は夫にある。夫のいうことは大げさである。妻は体も健康でなく、夫に遺棄されて精神的にもショックを受けているが、裁判所の調査で夫と兄嫁との関係についての誤解も解け、この数ケ月間すすんで家事労働もしている。十数年の二人の生活からみて子供のためにも離婚はしない方がよい。双方欠点はあるが治せると思うので時間をかけて考え直すことが必要である。わざと離婚原因を作るというようなことは支配階級のすることである。法院は事実を調査して、女性保護の原則を守らなければならない。妻は断固として離婚には応じない。敗訴となれば上訴（再審の意味か）する、と結んだ。

裁判官は最終的に双方の言い分を聞き、夫に今一度思い直すよう説得につと努めた。とくに女性裁判官は、離婚は子供によい影響を与えない、夫が再婚し新しい家庭を作っても必ずしもうまくゆくとは限らない、誤解もあったことだし、お互いに自分の欠点と誤りを知り、仲直りをするようにと根気よく諭した。

しかし、夫の決心は固く、よく考えたが離婚の意思は変らない、夫婦の間は回復の余地がないまでに破綻してしまっている、無理に一緒になってもどうにもならないし、妻の声を聞くだけでも胸が痛い、静かな環境で娘への責任と自分の仕事に努力し、人生の最後の締めくくりをやりたい、と答えた。

裁判長は、妻を退席させてから夫に考え直すように説き、つぎに夫を退席させて妻をさとすなどにさらに時間をかけたが、結論は出ず、いったん閉廷した。私どもの印象では、夫の決意が固く離婚は避けられないのではないかと思ったが、裁判所は根気よく和合に導こうと努力を重ねているようであった。

この日の午後、私どもは再び中級法院で、民事裁判の責任者（裁判所長）や、この日の法廷の裁判長をまじえて懇談する機会を持った。私どもの感想として、このまま夫婦にしておくのは無理ではないか、離婚を認めてやったらどうか、という質問に対して、裁判長の答えは、つぎのようであった。

この夫婦は仲良くすることはむずかしいので、離婚を認める可能性は強い。娘も離婚した方がよいといっている。しかし、離婚判決をする場合には、当事者に気持の準備をさせるようにする。これから、夫にはなるべく離婚しないように、妻には友人や親戚を通じて離婚もやむを得ないという説得工作をする、とあくまで当事者の納得を強調した。この時、この事件の事実調査をした裁判官から、妻は神経衰弱という病気であるから刺激を与えてはいけないという医師の診断書があるので、時間をかけて離婚の方へ説得し刺激を少なくしたいという事情もあると補足説明があった。

そのほか、本件の訴訟記録を閲覧することができた。上訴移送書・一審の判決書・上訴書・答弁書・開廷記録・調査記録が綴られ、書証や準備書面はなく簡単なものであった。この中の調査記録書は、この事件担当の陪席裁判官が、書記官と共に職場や居民委員会に出張し、関係者二人と娘に面接し、その証言を筆記したもので、証拠として採用されたのである。

ちなみに、北京中級人民法院で、本年一月から五月までに解決した離婚事件のうち、離婚の認められたもの五七%、残りの四三%は認められなかったということであった。二審制であることを含め、民事紛争の二〇%前後が訴訟事件となるに過ぎないということから、必然的にスピーディなのもこの国の裁判の特色といえようか。

なお、中国の裁判所は、基層人民法院・中級人民法院・高級人民法院・最高人民法院に分かれている。最高人民法院は全国に一つであり、高級人民法院は、省・特別市・自治区等の最高行政単位に一つずつ設けられ、中級人民法院は、地区・自治州・区のある市を管轄して設けられている。基層人民法院は、県もしくは市・自治県ごとに設置されている。それぞれわが国の簡易裁判所・地方裁判所・高等裁判所・最高裁判所にあたるものと考えてよいであろう。しかし、中国は、日本の三審制とは異なり二審制である。また、事物管轄として基層人民法院は、刑事・民事の軽微な事件、中級人民法院は人民代表大会の事件・反革命事件・渉外関係事件、高級人民法院は、知名人・高級公務員の事件・複雑で広範な地域にまたがる事件・殺人・無期以上の刑にあたる犯罪事件のそれぞれ一審裁判所となる。各級の一審判決に不服であるときは、一級上の法院に上訴できるとのことであった（木間正道・鈴木賢・高見沢磨『現代中国法入門』〈第二版〉平成一二年九月、有斐閣）。

《追記》　婦人法律家第二次訪中代表団の記録（昭和五六年六月　日本婦人法律家協会）の中、「中国における離婚と調停」を山本清子弁護士と共同執筆でまとめたが、調停に関する記述等を割愛し、題名も変更、山本先生のご了解を得て抜粋したものである。

29　非嫡出子「区別」は違憲

――判決に思うこと――

1　画期的な判決

平成五年六月二三日、東京高裁（平成四年(ラ)第一〇三三号遺産分割審判に対する抗告事件）は、非嫡出子の相続分を嫡出子の二分の一としている民法の規定について、法の下の平等を定めた憲法一四条一項に反し無効であるとの判断を下し、非嫡出子である申立人の相続分を嫡出子と同等とする決定を言い渡した。相続分の区別を合憲とする遺産分割審判を支持した高裁決定（東京高決平三・三・二九）[1]に対し、高裁での初めての違憲判断であり、画期的な判決といわねばならない。子どもの平等、子どもの人権の尊重へ向けての滔々たる世界的潮流の中で、嫡出子と非嫡出子を差別する砦が崩れようとしているのであろうか。これまで、非嫡出子に対する法的差別は、婚姻の尊重を根拠に正当化され、一夫一婦制の堅持と非嫡出子の保護は、両立し得ない永久のジレンマといわれた。しかし、今日、多くの国々では、非嫡出子の差別を撤廃あるいは縮小する方向に進みつつある。「児童の権利条約」などの国際条約も、子の出生による差別をなくすことを規定している。適法な婚姻に基づく家族の平和を破壊せずに非嫡出子の権利を確保することが可能とされたのである。

嫡出子と非嫡出子が法的に取扱いを異にする制度のうち、最も象徴的な意味をもつのは、いうまでもなく、相続分の差異である。被相続人に嫡出子と非嫡出子がいる場合、非嫡出子の相続分は嫡出子の二分の一である(民法九〇〇条四号但書前段)。この違いから、戸籍上の父母との続柄記載で、嫡出子は「長男」「長女」などと記載されるのに対し、非嫡出子は、「男」「女」と表記される。非嫡出子の身分を不必要に公示する制度になっているといえよう。その結果、非嫡出子であるという個人のプライバシーが暴露されることを嫌って、他人の嫡出子として届け出る虚偽の出生届が頻発し、戸籍への信頼性をも失わせている。後日、親族間の紛争の因となり、親子関係存否確認訴訟もあとを絶たない。親権は父母が共同生活をしている場合にも単独親権にとどまり、児童扶養手当など社会保障の面でも格差を生じている。このような法的区別の外、進学・就職・結婚に際し、非嫡出子が社会的差別を受けることも少なくない。大正年間、私生子の出生率は八%を上回ったが、第二次大戦後、非嫡出子の出生自体がコントロールされ、一%台まで減少したのは、むしろ、社会的抑圧の大きさを推測させるものといえよう。

2　非嫡出子をめぐる歴史的経過

周知のとおり、日本法と西欧法は、非嫡出子の法的地位について、対照的な展開を示してきた。ヨーロッパでは、キリスト教的婚姻観から、私生子に対する冷遇ははなはだしく、イギリス普通法では、nobody's sonといわれる程であった。フランスでも、革命期には、「懐胎せる処女は信ぜらる」として、私生子の母に名指された男性は責任を免れ得なかった。しかし、その後は、「父の捜索」を許さず、私生子が婚姻家族に入ることを拒否する形態に逆戻りしてしまった。ひるがえって、わが国の場合、西欧的な一夫一婦制の伝統はなく、非嫡出子は優遇された面もあるが、実は「封建的家族制度、それに伴う妾制度の遺跡」(2)といえる。明治民法において、子は嫡出子・庶子・私生子の三種類に分けられたが、強制認知は当初から存在し、私生子の名称は、第二次大戦中廃止され、同時に、死後認知も立法化された。男子優先の原則から、庶出の男子は嫡出女子に優先して家督相続人となり、妻の地位をおびやかした。夫が認知し、戸主の同意を得て入籍した庶子は、妻との間に嫡母庶子という法律上の親子関係を強制的に生ぜしめたからである。遺産相続について、庶子は嫡出子の半分とされたものの、婚姻尊重の理念も貫徹されなかった。

日本国憲法の成立に伴い、家制度は廃止され、民法上庶子制度も消滅し、子は嫡出子と非嫡出子の二種類となった。戦後の民法改正にあたり、嫡出子と非嫡出子の相続分を同等にする案が提案されたことがある。これに対し、非嫡出子に相続権を与えるのは、結果的に妾の子を保護することになり、妾制度の存置につながるとして、非嫡出子の相続権そのものを否定する見解も強く主張された。両者の妥協の産物として、非嫡出子の相続権は認めつつ、相続分の二分の一の差を存置し、婚姻家族の尊重を示したのである。

その後、一九七九年の相続法改正に際しても、非嫡出子の相続分を引き上げ嫡出子と同等にする民法改正要綱試案が法務省から公表された。この時も、現状のままでよいという意見が四八％に達し、同権賛成の一六％に比べて圧倒的に多かった総理府の世論調査の結果が重視され、国民感情から時期尚早であるとして改正が見送られた。

立法が足踏みする中、本決定は、非嫡出子に対する差別を、「出生によって決定される社会的地位又は身分」であり、憲法一四条一項が不合理とする「社会的身分による経済的又は社会的関係における差別的取扱い」に当ると判断した。非嫡出子の相続分が二分の一になるという規定は、憲法の平等原則に違反し、無効と解されたのである。

3　欧米諸国の概況

欧米諸国では、日本とは逆に、近年、非嫡出子の急増という現象もあり、非嫡出子差別の法制はほとんど姿を消した。非嫡出子に寛大であったわが国を追い越して先行する勢いを示している。

相続権についてみると、例えば、デンマーク、スウェーデン、イタリア、イギリスなどは嫡出子とほぼ同じ地位を実現し、アメリカ(州法)も、相続前に父子関係が成立していることを前提に、平等を達成している。ドイツでは、非嫡出子の父に配偶者または嫡出子がいるときは、相続分相当の相続代償請求権を認めるにとどまるが、相続分に差異はない。フランスでも、数次の改正で、姦生子(enfants adultérins)という用語が廃止され、自然子(enfants naturels 非嫡出子)は嫡出子と同一の権利義務を有する原則に改められた。

さらに、国際条約の領域でも、一九四八年の「世界人権宣言」は、いち早く、子の社会的保護の平等を宣言した。また、「国際人権規約B規約」二四条(一九七九年)は、出生によるいかなる差別もあるべきでないとし、「女子差別撤廃条約」一六条(一九八五年)も、親が婚姻をしているか否かを問わず、同一の権利を保障する。日本が近く批准を予定している「児童の権利条約」二条(一九八九年)も、締約国は、児童に対し、「出生又は他の地位にかかわらず」、この条約に掲げる権利を尊重しかつ確保すると規定している。

婚姻制度は、夫婦とその間に生まれた子を育てる家族を、安定した環境の中で保護する役割を果してきた。法律婚の尊重は、その意味で、現在または将来にわたって守るべき理念である。

しかし、今日、経済的・社会的に自立する女性が増え、自分に合った生活様式の選択が求められはじめている。シングルライフや事実婚が増加し、初婚年齢が高くなり、出生率が低下の傾向にあることは、従来の性別役割分担意識に立脚した婚姻観が転換点にきていることを示すものである。婚姻家族を守るために、他の生き方が差別され排除されてはならない。まして、婚外出生になんら責任がなく、自己の意思や努力によってはいかんともし難いに拘わらず、非嫡出子が、「罪ある結合の果実」といわれ、「招かざる客」として、家族の中で、不利益な取扱いに甘んじなければならない理由はなく、「立法目的からみて見当外れ」[3]とさえいえよう。

本決定も、婚姻尊重と相続分の平等について、「嫡出子と非嫡出子との相続分を同等としても、これにより配偶者の相続分はなんらの影響を受けるものではな」く、配偶者の実質的不平等は「寄与分の制度を活用することにより是正可能」であり、婚姻尊重とともに、「非嫡出子の個人の尊厳も等しく保護されなければならないのであって、後者の犠牲の下で前者を保護するような立法は極力回避すべき」であるとする。

4　残された課題

本判決により、かねて、憲法・民法の学説上批判の強かった非嫡出子の差別撤廃に向けて一歩を踏み出したといえるが、問題はこれにはとどまらない。戸籍という公簿上、非嫡出子が嫡出子と異なる続柄記載をされることは、日常生活でひんぱんに他人の目にさらされ、人格権を不当に侵害されることとなる。戸籍の続柄欄の記載を廃止するか[4]、または、嫡出であると否とを問わず、「男」「女」という性別記載に改める方策が提案されている。なお、わが国では、相続分の差別以上に「非嫡出子関係の成立手続きにより大きい問題があり、改正法の対象として」[5]急務であるとの指摘もなされている。大審院判決によって認められ、最高裁で、当事者の死亡後まで提訴期間が拡大された親子関係存否確認訴訟と、死後認知の出訴期間の制限などの民法の親子関係の規定との間に不均衡が著しく、混迷状態に陥っているからである。さらにいえば、スウェーデンなどの立法例もあり、日本でも、中川善之助教授によってつとに指摘された如く、いかにも封建時代を思わせる「嫡出」[6]という法律用語自体、再検討に値しよう。

嫡出子と非嫡出子の法律上の区分をめぐっては、今後さらに多角的な討議を重ね、平等へ向けての法改正による解決が期待される。非嫡出子保護立法は、「当該社会の歴史的事情およびその家族観に大きく左右[7]」されるものではあるが、機はまさに熟しているというべきであろうから。

（1）　判例タイムズ七六四号一三三頁、西原道雄「非嫡出子の相続分を定めた民法九〇〇条四号但書の合憲性」私法判例リマークス五号九六頁以下。

（2）　谷口知平『親子法の研究』七二頁（昭和三一年、有斐閣）、同『増補・親子法の研究（一九九一年、信山社)。

(3) 西原・前掲論文九九頁。

(4) 水野紀子「比較婚外子法」講座現代家族法3一三二頁。

(5) 水野・前掲論文一三七頁。

(6) 中川善之助・民法講話『夫婦・親子』一三二頁(昭和三四年、日本評論社)。

(7) 泉久雄「相続に関する民法改正要綱試案について」ジュリスト六九九号三七頁。

《追記》平成六年七月、法務省民事局参事官室は、「婚姻制度等に関する民法改正要綱試案」第五　相続において、「嫡出でない子の相続分は、嫡出である子の相続分と同等とするものとする」と提案としている。また、ドイツ一九九七年相続権平等化法は、非嫡出子の相続権の完全平等を宣言した。星野教授は、「配偶者が嫡出子と非嫡出子とを同等に扱うことに対する強い反情を不合理といって片づけられるかが、ぎりぎりの論点であろう」(星野英一『家族法』一一五頁、平成一一年、放送大学教育振興会)とし、泉教授もこれを「健全な認識」とされる(泉久雄『家族法の研究』平成一一年、有斐閣)。

五　青少年健全育成に関わって

30　青少年問題寸描

青少年の健全育成は、今日、最も大きな社会問題の一つとして世人の関心を集めている。たまたま昭和五六年から二年間、東京都の青少年問題協議会の末座に列《つら》なり、いろいろと勉強をする機会を得た。かつて、西欧で、二〇世紀は「児童の世紀」になると予測する人々がいた。また、日本は次代の国民を大事にするため、「子どもの天国」と呼ばれたことがある。しかし、飢餓と疫病に苦しむ発展途上国の子どもたちはもとより、自然破壊が進み、コンクリートと車の洪水に囲まれた大都市を、「子どもの天国」と考える人は、今日、もはやあるまい。

第一五期の都の青少年問題協議会では、とくに都会の青少年の中に起こっている問題を、発達段階ごとに分析した。人間の重要な基礎づくりの時期である乳幼児期には、危険のいっぱいな環境で子どもだけでは遊べないため、いきおい、孤立した核家族の「密室育児」となり、過保護・過干渉・過教育に陥りやすい。他方で、仕事に追われ、育児に無関心な親との分極化現象がみられる。小学校の段階でも、がき大将を中心とした子どもの集団は姿を消し、競争のはげしい学校への不適応から登校拒否児が増加し、さらに非行へ誘われ、子どもたち本来の野性・

活力・生命力といったものが失われつつある。青年前期、すなわち、中学校、高等学校段階では、マスコミの話題となっている家庭内暴力、校内暴力、自立の遅れ、自我感情を育てる場の喪失などの問題が集中している。とくに、公立高校においては、学校選択に偏差値が利用されるため、入試の失敗が減った代わりに、学校は等質的な生徒を集める結果となり、異質な仲間との切磋琢磨《せっさたくま》の機会を失い、自己確立がいっそう困難になったといわれる。かくして、体験学習の場を多くもちえなくなった若者は、社会に出ても不適応状態を起こしやすく、大学では自らの目標を追求できず、モラトリアム期間として無為に過ごす風潮が広まりつつある。

また、青少年をとりまく生活の場にも、問題は山積する。家庭では、昔に比べて、しつけができない、子どもを叱《しか》れないなど、親としての能力の低下が目立ち、ミニ社会としての家庭の機能が急速に瓦解している。また、かつては、子どもの年齢に応じて親は社会の情報のフィルターとなったが、テレビ・雑誌の氾《はん》濫によって、子どもは刺激的な大人の「社会」に直接さらされ、早熟な少年をつくり出した。学校もまた、進学・受験体制の激化に伴い、塾や予備校の乱立を背景に、健全なあり方を脅かされており、子どもたちは、学校・塾・おけいこ事の狭間《はざま》で疲れ果てている。さらに、以前には多くの社会的体験の場であった地域社会も衰退して、生活空間としての存在を失い、代わって、全地球・全宇宙的規模に広がったマス・メディアが、親や教師、友人や隣人を超えて、青少年の意識や行動に大きな影響を与えている。こうした生活領域の中で、青少年は心身の発達の不均衡、知育と運動の不整合など、多くの歪《ゆが》みとアンバランスを生じている。

如何にしてこれを是正し、打開すればよいか。行政の責任において、すでに多くの施策が実施され、また、用意されているが、何といっても肝心なのは、青少年自身の自立であろう。与えられ整い過ぎた状況の中で客《ゲスト》になってしまうのではなく、それぞれの生活の場の一員《メンバー》として主体性を確立することが必要である。青少年を中心としたユース・コミュニティづくりこそ急務であると、今期の答申は提言する。答申をまとめる間に、私どもは、中小企業に働く青年たちが乏しい時間を割いて連帯活動を続ける姿や、現場の先生方の寝食を忘れて教育に捧げる情熱に、深く感動させられた。地道な忍耐強い努力が、混乱を解決し、活力ある若者の世界を拓《ひら》く日も遠くないのではあるまいか。

31　青少年に夢と希望を

かつて、クラーク博士が「少年よ大志を抱け」と呼びかけた札幌農学校から、多くの人材を輩出したことはあまりにも有名である。

青少年には、純粋でひたむきな感性があり、未来への限りない希望と行動力がある。そうした夢と希望のもてる社会を後世にのこすのが、私ども大人の責任であろう。

青少年の健全育成は、今日、最も大きな社会問題の一つとして世人の関心を集めている。西欧で、二〇世紀は「児童の世紀」になると予測する人々がいた。日本も将来を担う青少年を大事にするため、「子どもの天国」といわれたことがある。しかし、大都市の危険のいっぱいな環境では、いきおい「密室育児」とならざるを得ず、親の過保護や虐待が目立っている。また、競争のはげしい学校への不適応から登校拒否におちいり、あるいは、非行へと誘われ、自立を妨げられ、青少年本来の野性や活力・生命力といったものが失われつつある。子どものあいだに成人病のひろがりが懸念されているが、身体《からだ》だけでなく心も蝕まれているのである。社会体験の場であった地域社会が衰退し、刺激的なビデオソフト・雑誌・コミックなどのマス・メディアに直接さらされ、青少年の意識や行動にも少なからぬひずみを生じている。大人にとっての便利さのみを追求してきた現代社会を、子どもの成長に望ましい環境とは、もはやいえないであろう。

昭和一〇年代に、『君たちはどう生きるか』（吉野源三郎、昭和五七年一一月、岩波書店）と問いかける名著が、当時の若者に計り知れない感動をよびさまし、今でも、各地で読み直す年輩者の集まりがあるときく。自己を確立し、自ら生きる目標を見出す情熱は、新時代の青少年には、さらに求められるのではなかろうか。

植林は、数一〇年単位の息の長い事業で、苗木を植えた人が亭々とそびえる大樹を仰ぐことはむずかしいといわれる。優良図書や映画を推奨し、不健全図書類を指定し、風俗営業から青少年を遠ざける行政も、同じように、根気のいる目立たない仕事である。目前の経済的利益のために荒廃してしまった土壌をすき起す作業からはじめなければならないからである。東京都が重要な施策の柱に掲げ、都民と手をとり合いつつ励んできた、次代へ向けての環境づくりは、徐々にではあるが、実を結びつつある。東京に生まれ育ち、東京に集まってくる若者一人ひとりの無限の可能性をひき出すべく、営々と努力を積み重ねていきたいものである。

32　人間形成に重要な心の教育の大切さ

――道徳軽視が生んだ病理現象――

最近（平成九年）、神戸で起きた中学生による小学生殺害事件は、日本中に大きな衝撃を与えた。文部大臣は、「心の教育」について諮問し、識者をはじめ多くの人々は、これを一少年の狂気が惹起《じゃっき》した特異な犯罪としてではなく、家庭教育や学校教育を含め、昨今の道徳軽視の風潮が生んだ社会の病理現象と受け止めている。中教審の第二次答申も、英才教育をとり上げる一方で、入学者選抜におけるボランティア活動の積極的評価や、学校施設と高齢者福祉施設の連携を打ち出すなど、知育偏重を排し、社会奉仕の体験を重視している。

戦後五〇年、物質的繁栄をひたすら追い続けた代償として、我々が失った最大のものは、心の教育であろう。国家主義的公教育の弊害はあったにせよ、戦前の日本文化には、自然と共生し、恥を知り、礼節を守り、つつましさ、奥ゆかしさ、他者への思いやりがおのずと備わっていた。初等中等教育は申すに及ばず、美しい抒情詩や漫画、そして、鈴木三重吉の『赤い鳥』に代表される児童文学が、少年たちにどう生きるべきかを問いかけ、その心をはぐくんだ。

東京都青少年健全育成審議会で、数年来、不健全図書の指定に関与しているが、エスカレートする商業主義によって、青少年の純真な心がいかに蝕《むしば》まれているかを知り、寒心に耐えない。諸外国では、きびしいすみ分けが行われ、成人向けの雑誌が若者の目に触れることはないときく。

次世代の健やかな成長を願うのであれば、これまでも、道徳教育で重要な役割を担ってきた私ども私学関係者も、今一度、襟を正し、実践によって真の意味の心の教育を取り戻さなければならない。

五　青少年健全育成に関わって

33　問われる大人の姿勢

ただ今、深谷昌志先生から、「子どもの権利条約」について大変有益なお話がございましたが、二〇世紀はもともと「児童の世紀」になるといわれておりました。世界には現在でも貧困、飢餓、地域紛争などに苦しむ多くの子どもたちがいますが、東京の子どもたちは物質的に豊かで十分な教育を受け、才能を伸ばすことも可能となりました。にもかかわらず、家庭の崩壊、教育の危機が叫ばれ、地域に群れて遊ぶ子どもたちが少ない、というような問題が起こっているのはどうしたことでしょう。

「三つ子の魂百まで」といわれますが、子どもの時の印象ほど鮮明なものはありません。ある婦人が臨終の床にあって意識が薄れ、周りの人が名前を呼んだり声をかけても何の反応もありませんでした。ところがこの女性が結婚に際して名字と一緒に名前も変えていたことを思い出した一人が「〇〇ちゃん」と娘時代の名前で呼んだところ、この女性は「はい」とはっきり答えたそうです。長い人生の終わりに脳裏に刻みこまれていたのは、大人になってからの半生ではなく、幼い日々のことだったと知り、みな心を打たれたといいます。子どもの頃の時間というものは、大人になってからの何倍にも相当する大切なときなのです。

「青少年の自立と社会活動のための東京都行動プラン」では、生活領域を家庭、学校、職場、地域社会、情報空間に分類しています。

まず家庭ですが、「だんご三兄弟」も少なくなり、過保護になりやすく、すぐに「キレる子ども」が増えております。一方に過密なスケジュールの習いごとや塾通いが自主的に伸びる芽を摘んでしまう場合もあります。

私はかつてボストン郊外の児童保護施設を訪ねたことがあります。親から虐待を受けた子どもたちのシェルターで、ロビーにはたくさんのぬいぐるみが飾ってありました。私が伺ったときはちょうどお昼時で、庭にはバーベキューの煙りも立ち昇っておりました。いずれは家に帰れるのかと聞いてみましたところ、家に戻ればまた虐待の繰り返しになるので、義務教育を終えるとそれぞれ全米の各地で就職し、二度と親に会うことはないとのことで、私も二人の子の親として胸の痛む思いをしました。

「生みの親より育ての親」といわれるように、日本でも施設の外に里親制度あるいは養子縁組制度があります。また、六歳未満の子で親の監護が不適当である場合に、実親子関係を断絶して戸籍上も養父母の実子として記載し、愛情ある育ての親に託そうとする特別養子制度も成立し、今後の活用が望まれます。

次に学校ですが、東京都の調査では中学生の約半数が学校生活を「息苦しい」と感じており、また別の調査では、小学校の先生の三五%がクラス担任を希望していないという数字もあります。校内暴力やいじめ、不登校の他に、先生と子どもの間がうまくいかず、学級崩壊のおそれがあるためと指摘されています。

私が学んだ小学校は、ソウルの京城師範付属という小さな小学校でしたが、終戦で廃校になるまでの短い期間に多くの人材を育てました。彫刻家の多田美波さん、推理作家の山村美紗さん、デザイナーの鴨居羊子さんと弟の玲画伯、最高裁判事の園部逸夫氏をはじめ、学者や財界人も多数にのぼります。私の担任の先生は、年とった教え子たちを今でも自宅に呼んで手作りの料理をご馳走してくださいます。先生は戦争中に韓国の名門女学校でも教鞭をとられ、教え子に招かれて度々ソウルに行かれます。本当に献身的に尽くした日本人は礼を尊ぶ韓国の人にも理解され、今でも慕われているのです。心の通い合う真の教育とはこういうものかと感じております。

第三の生活空間である地域社会は、かつて向こう三軒両隣として青少年にも居心地のよい「場」を提供してきました。狭い路地裏であってもそこには群れる同世代や近所の少しお節介なおじさん、おばさんたちとの交流があって、親や先生には言えない悩みも打ち明けられる温かい人間関係がありました。しかし、コミュニティ意識の乏しくなった大都市の地域社会は極めて影の薄い存在になっており、ある調査では八割の少年が近所に遊んでくれる大人がいないと回答しております。本日、地域に対する新しい提案として、東京都青少年問題協議会は、「子どもの権利条約をいかす東京プログラム」の中で「フリーデー」、ある曜日に学習塾やお稽古を自粛するなどの素晴らしいアイディアを提案され、その成果に期待しております。

青少年は、地域社会に守られる保護の対象であるばかりでなく、青少年団体を通じてボランティア活動に参加したり、地域環境浄化にも貢献することが求められています。今や環境問題、ゴミ問題は地域ぐるみで取り組むべき最優先の課題となっております。私どもの近隣の公園でも、若者が散らかした弁当箱などをカラスが荒らす一方、箒を手にしたボランティアの人たちが黙々とゴミを片付ける姿に心を打たれております。青少年にも少しの自覚がほしいと思います。

今問われているのは、私ども大人の姿勢です。昭和の初めに東北大学におられた本多光太郎博士の逸話を最後にご紹介申し上げたいと存じます。

本多先生の下で学生のグループが実験に取り組んでいましたが、当時仙台には第二師団の砲兵隊があり、部隊が実験室の前を絶えず通るため、機械の針が動いて実験は思うように進みませんでした。ある日先生に呼ばれた学生がその事情を述べますと、先生は「兵隊は夜も通るのかね」とぽつりと言われました。ハッとした学生グループはその夕方から早速測定に取りかかり、気がついたときには午前一時を回っていました。ふと実験室の扉が音もなく開いたように感じられました。今ごろ誰だろうと振り向くと、そこには実験の様子を見てそっと足音を忍ばせて立ち去っていかれる本多先生の後ろ姿がありました。先生は学生に「学ぶ姿勢」を身をもって示されたのでした（藤井正人「学問の心」『道　遙か』一七四頁（平成八年八月、三省堂書店）)。

34　西城区工読学校

――あの時あの頃――

1　中国の少年保護施設

昭和五五年の夏、私たち第二次婦人法律家訪中代表団の一行は、中日友好協会の招きで二週間ばかり中国を旅行した。この写真は、北京に着いた翌日、六月二八日の午後、西城区にある工読学校の庭で、先生や生徒たちもまじえて撮ったスナップである。

工読学校は、その名の通り、労働しつつ学ぶ、日本の教護院に相当する施設である。四人組の追放後に再建された工読学校は、北京の各区に置かれており、上海にも一〇数ヵ所あった。訪中団の団長であられた三渕嘉子先生は、わが国最初の女性裁判官であるのみならず、初の家裁所長としてとくに少年事件に永く携わってこられ、先生の強い御希望でこの見学が実現したときく。西城区工読学校は、北京郊外の農村地帯にあり、土塀に囲まれた広い施設には、一二、三歳から一六歳までの男子二五〇名、女子四〇名が収容されていた。週四日は教科を学び、二日は農作業や工場で働く。集団暴行、すり、万引などの非行を犯し、学校生活に適応できなくなった少年が、親・教師の同意のうえ入学しており、より非行性の高い少年は、少年犯罪管理教育所(管教所)に入所させられる。管教所は、北京と上海にそれぞれ一ヵ所あり、教育と労働で矯正を行い、一八歳に達すると刑務所に移管される。さらに、強盗や殺人など重大犯罪を犯して、いきなり刑務所に収監される例もあるが、その数は少なく、北京監獄の一、九〇〇名の受刑者中、少年は四、五名ということであった。

食堂に椅子が少なかったり、物質的に不足はあるものの、工読学校の教官は各地区の学校から選ばれた優秀な人で、校長はじめ先生方の温かい笑顔が印象的であった。土曜の午後の自由時間で、生徒たちは私どもの質問にも人なつっこく受け答えしてくれた。女の子は化粧している者もあり、ある男の子は数学者になると胸を張って語った。記念撮影をしようというと、かけ寄ってきて並び、暗い表情は全く見られなかった。

2　第二次婦人法律家訪中団

日中間の国交が回復して間もない頃で、前年の昭和五四年に、鍛冶千鶴子先生を団長とする第一次婦人法律家訪中団が実現したあとを受けて、弁護士八名のほかに研究者二名もはじめて加わり、女性だけの楽しい旅であった。副団長の山本清子先生は、訪中は二度めで、私どものよい相談相手になって下さった。大先達の永石泰子先生、広島からはせ参じた平川浩子先生、大学の後輩若菜允子先生、横浜の鈴木元子先生、親子ほど年の違う若々しい曽田多賀、小西輝子の両先生、研究者では鈴木ハツヨ先生と、中には初対面の方もあった。しかし、まだあまり知られていない中国法を学び、調停・裁判、少年非行、大学教育など、日常、仕事のうえで接することの多い問題について、この眼でしかと確かめたいという熱い思いが一つになって、全員難なくハード・スケジュールをこなした。東北学院大の鈴木ハツヨ先生とは、旅行中同室で過した。もっとも、早仕舞で次の日の英気を蓄えるのに専念した私と違い、ハツヨ先生は、見学先の資料をまとめ、質問事項を見直されるなど、細かい気配りを忘れず、就寝は時として夜更けにおよぶこともあったようである。

北京ではさらに、北京大学の教授陣にお会いし、北京市中級人民法院の離婚裁判を傍聴し、北京市監獄を訪ね、人民大会堂で中国司法部の方々とも会見した。その後、ブーゲンビリヤの花咲き乱れる南国昆明に飛び、雲南民族学院、雲南重機工場および工場付設の病院、幼稚園、保育所で、色とりどりの民族衣裳の人々との交歓を楽しんだ。昆明から景勝の地杭州に足を伸ばし、中国茶を生産する西湖人民公社も見学した。最後に、梅雨に入った上海の控江新村で団地のワンルームの家庭生活を見せてもらい、上海市中級人民法院で刑事裁判を傍聴し、裁判官や調停員とも懇談の機会をもった。その間に、故宮博物院、万里の長城、石林、竜門なども観賞、しばし仙境に遊んだ。中日友好協会派遣の三浦頼子秘書長もまじえた一一人の食卓は、笑い声がたえず、山海の珍味を盛った大皿もまたたく間に空になってしまった。

この春、天安門事件を知り、一〇年前、あれほど希望にあふれていた中国の人々の胸中を察し、痛ましく思った。

3　時代の先駆者たち

私どもの一行をつきっきりで御世話して下さった通訳の賣恵萱、張利利両女史は、後日、公務や留学で日本に来られ、再会を果した。しかし、ほどなくしてメンバーの一人、永石先生が病を得て亡くなられ、三渕先生もまた幽明界を異にしてしまわれた。毎年編成された婦人法律家訪中団に、優るとも劣らず元気な一〇人組の旅では、予想もしなかった悲運である。青山斎場を参列者で埋めつくした三渕嘉子先生の御葬儀の折、真白な菊の花に囲まれてほほえんでお

前列左から鈴木ハツヨ氏、鈴木元子氏、三渕嘉子氏、永石泰子氏、曽田多賀氏、三浦頼子氏、後列左から筆者、小西輝子氏、２人おいて若菜允子氏、右から山本清子氏、その後ろ平川浩子氏

られる先生の遺影を拝見して、ハッとした。背景をみると、まさしくあの時中国で撮った御写真だったのである。

昭和二五年に、婦人法律家協会が創設され、その翌年、久米愛・三渕嘉子・立石芳枝・西塚静子・野田愛子・人見康子・米津昭子・鍛冶千鶴子先生など、創立当初の会員の方々にお誘いいただき入会して以来、その交流は教えられることばかりであった。太平洋戦争の開戦前から戦後にかけて、高文司法科試験を突破し、あるいは、研究者の道を切り拓いて来られた諸先輩に、非力の私はどれほど勇気づけられたか分からない。女子の大学進学率が、ついに男子を上回るようになった昨今では、当たり前のことかも知れないが、これら諸先生は、やはり、時代の先駆者といって良いのではなかろうか。

35　青少年健全育成の諸施策

私が第一五期東京都青少年問題協議会に参加したのは、昭和五六年から二ヶ年であった。青少協は各期ごとに知事の諮問を受け、山積する青少年問題の中から緊急の課題を取上げ、甲論乙駁《おつばく》の末、知事への最終答申を練り上げる。当時の会長は鈴木俊一知事であったが、副会長の福田垂穂・明治学院大教授は、私の小学校の先輩でもあり、永年青少年問題に精根を傾けておられた。メンバーには、神津善行氏や教育界のベテラン深谷和子氏、千石保氏などもおられた。青少年に関わりの深い家庭・学校・職場の外、第四の領域として地域を加え、昔に比べて子どもたちに無関心となり勝ちな大都市の地域社会のあり方について、提言を試みたのが特長であった。昨今、青少年をめぐる凶悪な犯罪が起こるたびに話題となる、地域の空洞化に警鐘を鳴らした点で、先駆的であったと思われる。

平成三年、金平輝子氏が東京都副知事に就任されたあとを受けて、東京都青少年健全育成審議会の会長を命ぜられ、七年間、不健全図書の指定や優良映画の推薦の仕事に携わった。雨後の筍のように、次から次へと不健全図書を出版して恥じない一部悪徳業者と悪戦苦闘する担当職員の苦労も察せられた。法的措置に消極的姿勢を取り続けてきた都も、都民の強い要望に応えて、この頃、ビデオソフトを条例による規制の対象に加え、さらに、平成九年には、「買春処罰規定」を新たに設け、パソコンソフトをも図書類に含めることとした。

平成九年には、全くの力量不足ながら、東京都青少年協会長の役目をお受けした。東京ＹＭＣＡやガールスカウト日本連盟東京都支部、東京都ユースホステル協会、都内公私立学校のＰＴＡ協議会など、五〇を超える団体に加え、区市町村の地区委員会を結集した同協会は、東京都が事務の運営に当たっているものの、それぞれに永い歴史と伝統をもち、青少年に夢と希望を与え続けてきた関係者各位の努力に支えられており、唯頭の下がる思いである。昨秋以来、これと呼応して石原都知事の提唱する「心の東京革命」も全都的運動として推進されている。

他方、全国各地の青少年協会や都道府県民会議・市町村民会議・青少年関係団体と連携して国民運動を展開してきた青少年育成国民会議は、西原春夫現会長の下、一三年五月、三五周年記念式典を挙行した。国民会議が主催する行事の一つに、「少年の主張全国大会」がある。年一回、各都道府県の少年の主張大会で選ばれた中学生による「少年の主張」の作文の中から、さらに優秀者は全国大会で発表し、内閣総理大臣賞等を受賞するチャンスもある。二、三年前の東京都大会で、両親と死別して施設に暮らす少年が、「自分は運命で仕方がないが、両親が健在なのに、その虐待を受けて、あざだらけで入所してくる幼い子どもたちが気の毒でならない」と語り、充たされない日々もあろうに、年少の子どもを思いやる優しさに胸が痛み、本当に恥じ入る思いをした。

国民会議が掲げるスローガンに、「大人が変われば子どもも変わる」とあるが、利益追求を優先して人心の荒廃をもたらし、多くのキレる子どもを育てた私ども大人一人一人が深甚なる反省をし、スタートから出直す覚悟が、いま、何よりも求められているのではなかろうか。

六　女性の地位の向上に向けて

36　婦人研究者問題

雇用の分野において男女平等を実現するための法整備、慣行の見直しは、今日のわが国に課せられたもっとも重要な課題の一つである。周知のとおり、一九七九年、第三四回国連総会において、「女子に対するあらゆる形態の差別の撤廃に関する条約」が圧倒的多数をもって採択された。人類の向かうべき方向を示す重要な文書であり、「現時点での男女平等法理の集大成」（金城清子）ともいわれる。

婦人研究者の雇用にも、採用から昇進、昇格に至るまで、厚い壁が立ちはだかっている。そのなかには、研究に特有の条件もあり、労働者一般に共通する問題もある。たとえば、婦人の研究能力いかんは婦人研究者の雇用に深く関わることである。他方で、婦人研究者の大部分は家庭責任を果たし、家族の生命・健康の維持に多くの時間を費やしている。研究能力の比較といっても、女性労働者が負担する有形無形のハンディキャップをも考慮に入れなければならず、軽々に結論づけるわけにはいかない。

第一二期日本学術会議科学者の地位委員会のなかに初めて設置された婦人研究者の地位分科

会は、このきわめて困難な「婦人研究者の実態調査」に取り組み、三年がかりで、このほど一応の成果をまとめた。わが国初の婦人の学術会議会員である猿橋勝子博士、および同じく学術会議会員の塩田庄兵衛教授を中心とする私ども一〇名の委員は、一〇数名のプロジェクト・チームや全国各地の婦人研究者グループの協力を得て、婦人研究者のライフサイクルについての、全国的規模のアンケート調査を実施したのである。

まず、調査対象の選定に当たり、婦人研究者、あるいは男性をも含めた科学研究者の範囲をいかに定めるかに苦心した。現在約三五万人といわれる日本の科学者のうち、婦人は約五パーセント、一万四千人である。各専門分野の最新の学会名簿と学術会議有権者名簿をつき合わせて、分野別のバランスを考慮しつつ、二、〇〇〇名の調査対象を抽出し、比較対照のため、男性研究者一、一〇〇名をも選び、アンケート票への回答を依頼した。その結果、一、一五九名、三七・四%の回収を得た。アンケート票の質問は、四〇項目を超え、生育歴、学歴、研究活動、就職、昇進、家庭生活のすべてに及んでいる。生育歴では、女性の場合、家族からの激励や反対がとくに目立った。キュリー夫人、黒田チカ、神谷美恵子などの先人の歩みから受けた影響も大きいようである。雇用、昇進には、予想通り、差別がいちじるしく、婦人研究者の八割は、概して研究条件に恵まれない私大や短大に偏在していることが明らかとなった。

さらに、業績と地位との相関関係について、同程度の研究業績をあげていても、女性研究者の地位は男性に比べ数ランク下回っていると報告された。業績を、発表論文の数を中心に、多少質も考慮に入れ、一から六の度数で表し、研究条件は、職種について「教授」を五、「常勤講師」を三、機関について「大学」四、「短大」二などと数値を決め、それらの組み合わせによって一から三〇までのランクに分けた。どの業績レベルでも、女性の地位は男性に比べ格段に低く、もっとも業績の高い婦人でも、平均的には、中程度の男性研究者と同じ地位しか得られていないことが示された。このほか、婦人研究者は、あるいは独身を通し、夫婦の別居を余儀なくされるなど、家庭面での犠牲も大きいが、業績に既婚、未婚、子の有無はほとんど影響しておらず、新しい世代では、地位の男女差も少なくなっているのは喜ばしい限りである。

今日、研究者のおかれている状況は、男女を問わず、きわめて厳しいものがあるが、互いに切磋琢磨し、優れた研究業績を重ね、相携えて科学の発展にさらに寄与したいと願うものである。

37　公立短大の女性研究者

男女雇用機会均等法が施行されて一年余、女性の社会的進出は益々本格化しうる態勢が整いつつある。求人は活発になり、各界で活躍する女性も増え、その層も厚くなった。他面、この法律の妥協的性格の結果、総合職と一般職を分けるいわゆるコース別採用によって、平等志向のキャリアウーマンと、保護志向の女性労働者との二極分解を促進したとも批判されている。「男は社会　女は家庭」という男女性別役割分業意識が強く根づいているわが国で、平等への道は今やっと第一歩を踏み出したに過ぎない。

こうした中にあって、キャリアウーマンである公立短大の女性研究者はどのような位置づけにあるのだろうか。日本学術会議婦人研究者の地位小委員会が、三年前にはじめて全国規模で行った調査は、当時の学術会議有権者名簿や学会名簿をもとに、国公私立の婦人研究者及び男性研究者に対するアンケートの形でなされたもので、公立短大に限っての調査には、まだ手がつけられていない。毎年、全国公立短期大学協会で実施している公立短大の実態調査でも、女性研究者の人数さえ把握されておらず、今後に期待したいところである。したがって、憶測の域を出ないのであるが、公立短大の中で最も多い家政系・医療看護系・教育保育系の学科を擁する短大では、当然ながら、女性研究者が多数を占め、人文系・社会系でも漸増の傾向にある。いわば、女性研究者は公立短大の主流であり、今日の繁栄を築き上げた主体ともいえよう。女性研究者は、一般に、きわめて勤勉かつ優秀であり、家庭責任をはじめ多くのハンディを乗り越え、その地位を得、男性研究者と協力して教育研究に邁進してきた。しかし、臨教審の最終答申も出され、高等教育への関心もかつてない高まりを見せ、私どもの周囲には解決すべき問題が山積している。

第一に、いうまでもなく、一八歳人口の減少を目前にして、各大学とも時代の要求を適確に捉え、積極的な振興策を打ち建てるべき時期に直面している。

第二に、短大は戦後三〇数年、とくに女子教育にすぐれた成果をおさめてきた。しかし、教育課程の自由な専修学校が急速に伸び、また、四年制大学に進学する女子が多くなり、短大の将来に危惧の念を抱かせる。差し迫った現実への対応の速さは、女性研究者に一日の長があるのではなかろうか。

第三に、家政系大学は、わが国女子教育の濫觴であり、中心であったが、平等の機運に伴い、女子学生のみが家政学を学ぶのは、時代の大勢ではないと考えられるようになってきた。男子にもその門戸を開くことを検討する一方、生活科・生活科学科などと名称を変更したり、内容にも弾力性をもたせ、社会のニーズにより適合したカリキュラムが構想されつつある。女性研究者の永年の経験による手腕が求められる領域である。

最後に、女性研究者に固有の問題がある。これまで、どちらかというと、パイオニア的存在として、希少価値を評価されてきた女性研究者も、男女の社会活動が名実ともに対等となり、その実力を問われる正念場を迎えている。「女だから」という甘えは許されない。水準の高い業績を次々と発表し、学界の注目を浴びている公立短大の女性研究者も少なくないが、さらなる奮起を求められる場合もあろう。最近、京都大学の坂東昌子、登谷美穂子らが物理学研究者に関し、論文の本数だけでなく、被引用度数、経年変化、論文の寿命など、より精緻な評価方法を試みておられる。女性研究者も、質量ともに充実した研究を進めつつ、大きな転機にさしかかった公立短大の教育面、運営面において、これまで以上の努力を重ねていかねばならない。

今夏、設置者の命を受けて、米国高等教育機関のため、西部及び東部の二年制カレッジを訪ねた。先年、内田穣吉元会長をはじめ公短協の諸先生が調査された西部のコミュニティ・カレッジはすべて共学校であるが、東部にはきわめて少数ながら私立の女子校もある。どのカレッジでも、学生の募集から語学、被服、インテリア・デザイン、コンピュータ、ワープロに至るまで、女性の教職員が工夫をこらし、幅広く活躍しているのが印象的であった。

公立短大の使命、あり方について、公短協の会員校は、それぞれに、長期あるいは短期のビジョンを描き、検討を重ねておられる。公立短大が、今後、教養を含め完結した職業教育に努めるのか、四年制大学への編入の道を拡げ、また、専修学校との連携を密にするのか、さらに、地域住民の要望に応え、地方文化の旗手としての役割を鮮明にすべきか等、多くの可能性を探りつつ、あらたな発展を模索しなければならない。公立短大の活性化のため、女性研究者の果たすべき役割は、いっそう重いものとなろう。

38　女性研究者の地位

「国連婦人の一〇年」によって、女性の地位は実質的平等の実現にむかって飛躍的に向上した。とくに、その社会的進出はめざましいものがある。わが国の雇用労働者四〇〇〇人のうち、女性は二〇年前には七〇〇万人に過ぎなかったが、いまや一、五〇〇万人を上回るに至った。「男は仕事、女は家庭」という日本の伝統的観念は次第に崩れつつあり、女性は家庭を支えるだけでなく、経済大国の繁栄にも貢献するに至った。しかし、政治・経済の中枢部においては、いまだに男性支配が根強い。国連婦人の一〇年の最終年に当る一九八五年、中曾根内閣の閣僚として女性大臣が登場したのは、実に二二年ぶりのことであった。衆・参両院あわせて七五四名の国会議員中、女性は現在なお二七名にとどまっている。

科学の世界に女性研究者が登場するのも決して古いことではない。西欧において女性の科学活動への参加は、一九世紀末から二〇世紀にかけての新しい現象である。とくに、一九〇三年、マリー・キュリーがノーベル賞を受賞したのは、女性科学者時代の幕明けを迎える画期的出来事であった。「女に学問は要らぬ」という考えが支配的であったわが国で、女性科学者の出現をみるには、さらに時を待たねばならなかった。第二次大戦前、女性が高等教育を受ける機会は制度的にもきわめて限られていた。明治初期の学制公布によって、それまで武士にのみ必要とされた学問を庶民も学ぶことができ、藩閥によらぬ立身の道が開けた。しかし、それはあくまで男子を対象とする場合であり、女子教育はもっぱら良妻賢母の育成を目的とした。尋常小学校だけが義務教育であったが、その上級ですでに女子にのみ家事裁縫が重要な課目として課せられ、男子の中学校に相当する高等女学校でこの傾向はいっそう著しく、理数科や英語などは中学校に比し、時間数も少なく程度も劣っていた。その高等女学校への進学率も一九四〇年で一二％に過ぎなかった。その上の高等教育を受けるのは、女性にとっては結婚のためにも不利な条件とされていた。私立の女子専門学校も家政科が主流を占め、帝国大学への女性の入学は事実上不可能であった。一九一三年、東北帝国大学がはじめて女性に門戸を開き、同志社大学、九州帝国大学など何校かの大学がこれに続いたが、女子の大学生が全国で二百名を超えることは戦前にはほとんどなかった。

戦後、新憲法が法の下の平等を謳い、一九四六年に東京大学などが女子に門戸を開放、さらに教育改革によって、女性も高等教育を受ける機会を制度的に保障されるようになった。経済の高度成長と相俟って女性の進学率は急上昇し、四年制大学を終えてさらに大学院に学び、それぞれの科学分野で専門研究者として活躍する人びとがあらわれた。しかし、その数は全体としてまだきわめて少数である。約三五万人とみられる科学者のうち、女性は約一万四、〇〇〇人であり、その割合は五％に過ぎない。医学・文学などは比較的多いが、工学は極端に少ない。女性研究者は、就職の機会に恵まれず、昇進の道も狭く、厳しい道を歩む者が多い。とくに、戦前派の人びとは孤高の存在であったが、この一〇数年、東京、名古屋、京都などを拠点として、女性研究者のグループができ、互いに力をあわせて地位の向上をはかる努力をはじめた。旧帝大、例えば京都大学内に保育所を設け、家庭と仕事の両立を可能にしたのも、こうしたグループ活動の成果の一つといえる。

研究者の代表機関である日本学術会議に、ただ一人の女性がはじめて選出されたのは、一九八一年であった。一九八五年、新しい推薦制度によってようやく三名に増えた。これより先、一九七五年に、学術会議は婦人研究者問題をとり上げ、総会で「婦人研究者の地位の改善についての要望」を議決した。要望書の中で、学術会議は政府に対し、国として婦人研究者に関する実態調査の実施、及び、㈠婦人研究者の数的増大と能力発揮のための条件整備、㈡採用・昇進における男女の機会均等の保障、㈢婦人研究者の母性保護のための措置を要求した。さらに数年を経て、一九八二年、第一二期学術会議科学者の地位委員会は、婦人研究者の地位分科会を設け、男女雇用機会均等法案や諸外国の婦人研究者の現状についての情報収集に努力すると同時に、女性研究者の実態調査を自らの手で行うべく計画した。すなわち、同分科会は、一九八二年から八四年までの三年間にわたり、「婦人研究者のライフサイクルの調査研究」をテーマとするプロジェクトチームを編成し、文部省科学研究費補助金の交付を受けて調査研究を行った。全国規模の調査としては初めての試みである。

調査対象の選定に当っては、婦人研究者、また、男性研究者をも含めて科学者の範囲を如何に定めるかに苦心した。各専門分野の最新の学会名簿と従来の学術会議有権者名簿をつき合わせ、分野別のバランスを考慮しつつ、二千名の調査対象を無作為抽出し、比較対照のため、男性研究者千百名をも選び、アンケート票への回答を依頼した。アンケート票の質問は、四〇項目を超え、生育歴・学歴・研究活動・就職・昇進・家庭生活のすべてにわたり、数箇の自由記述欄も設けた。女性七一二名、男性四四七名、合計一、一五九名、三七・四%の回答を得た。

その結果について、主要な点を拾ってみよう。先ず、年齢別に、(a)世代　五五歳以上、(b)世

代　四〇〜五五歳、(c)世代三九歳以下の三世代に分けてみると、学歴では、(a)世代の女性には専門学校卒が多く、また、(c)世代では、男性は博士が多いのに、女性の場合、高学歴ほど就職に不利という影響からか、大卒が増え、学歴差がひろがる傾向がみられる。次に、(a)世代の女性のうち約一〇％がきわめて早く一五歳までに研究者を志しており、この世代を特徴づけている。すなわち、(a)世代の女性は、知的好奇心や探究心を子どもの頃からよびさまし得る家庭環境で育ち、強い意志で困難を克服した人が研究者として生き残ったとみられる。キュリー夫人、黒田チカ、神谷美恵子などの先人の歩みから受けた影響も大きい。これに対し、(b)、(c)世代では、広い意味での大学生活がそれをしのぐ強い影響を与えている。

最初の研究論文を書いた年齢は、男女とも二四、五歳がピークで二八％を占めている。その平均は女性二六・五歳、男性二六・七歳であり、論文の数も女性で七割、男性では八割が一本以上と答え、量的にも差はない。国内の学会には男女とも九〇％以上の人が参加している。しかし、学会の研究会・報告会を組織したことがあるかどうかでは、男性四五％に対し女性は二二％にとどまる。また、学会の役員になった人は男性三七％、女性一二％である。また、研究場所等の研究条件についてみると、所属機関に個室を持っている人は、男性では五割、女性では三割となっており、女性の所属する機関の研究条件の悪さを反映していると考えられる。不満を感じている点では、「教育・研究以外の雑用が多い」、「研究費や設備の不足」が男女ともほぼ半数を占め、共通している。他に、女性の場合、「研究情報を得にくい」、「夜間、泊りの活動が困難」、「議論の相手がいない」といった不満が男性より多い。

研究職への就職については、男女を問わず、この十数年来、オーバー・ドクター問題が深刻となり、とくに女性研究者に対するしわ寄せが著しい。採用人事の八割強は非公募であり、昇進もほとんどが内部昇進である。採用から昇進、昇格に関し、「女性差別」の声が女性側から三八％も上がっており、同じ意見は男性からは三％となっている。「昇進の道が閉ざされている」、「出産休暇は病欠扱い」、「研究補助者的扱い」といった不満も女性から多く出ている。

ところで、女性研究者の生活の中で、家庭生活はどのような位置を占めているのだろうか。わが国では、家庭責任の大部分を負う女性が不利な状況にあることはいうまでもない。女性研究者の有配偶率と子どもを持つ者の比率（各五八・七％、三四・八％）は男性のそれ（各九三・三％、七二・〇％）を大幅に下回っている。とくに、(a)世代の女性は半数以上が単身者であり、この世代の女性が家庭面で大きな犠牲を強いられてきたことをうかがわせる。しかし、(b)(c)世代では七割近くが結婚し、子どもをもつ者は両世代とも五割以上ある。これは、仕事と家庭の両立を可能にする条件が整ってきたことを示している。なお、業績に既婚・未婚、子の有無はほとんど影響していない。調査のなかに家庭と仕事の両立について妨げとなることや必要なことを自由に記述する項目があり、男性の場合には、「男なのでとくに問題なし」という記述も散見される。これに比べて、女性の回答には、家庭生活についての不満や不安が具体的に書かれているのが特徴的である。子どもの保育や教育、老親の介護、夫の無理解、別居生活などの対処に追われる一方で、家庭生活を大切にする女性研究者の努力がにじみ出る回答も多かった。

最後に、この調査の核心部分は、研究条件にみる男女格差の検討である。研究条件や研究業績は、いくつかの要素が複合した概念であり、何によってどう表すのが妥当であるかはむずかしい問題であり、見解も分れよう。この調査では、研究条件を意味するJ指標と研究業績を意味するA指標を設定した。アンケートの中で研究条件を最も良く反映しているのは、所属機関の国公私立の別や、四年制大学、短大、研究所などの種類、及び、教授、助教授などの職種で示される地位であり、これら三要素にそれぞれウエイト値を与え、かけ合わせることによって、研究条件を意味するJ指標が計測される。例えば、私立（一・〇）、四年制大学（四・〇）、助教授（四・〇）のJ指標は一六・〇で表わされる。J指標の平均は男性一四・六、女性一〇・一となっており、女性研究者の八割が、概して研究条件に恵まれない短大や私大に偏在していることが明らかとなった。また、教授職は男性が三八%、女性が一六%であるのに対して、助手は男性が六%、女性が一六%と女性が平均して低い職階に偏在している。次に、研究業績の主な発表形態は、著書あるいはレフェリーのある学術誌等への投稿論文であるが、分野別にその特質を反映したウエイト付けをして加算し、研究業績の指標化をはかりA指標とした。A指標によって研究活動を比較すると、一般的に男性の方が女性より優位にある。従来女性研究者の地位が相対的に低いのは、「業績がないから」と説明されてきた。しかし、研究業績別に研究条件の男女格差を表した図表によると、同一業績の男女間では、男性の研究条件は常に女性のそれを上回っていることが示された。すなわち、同一の研究条件が保障された場合、女性研究者のほうが男性研究者より高い研究業績をあげていることになり、女性研究者の地位の改善を阻むものが業績でなく、雇用問題にあることが明らかになったといえる。これが、今回の調査の最も重要な結論の一つである。さらに、本調査のユニークな試みであるライフサイクル表を年齢別に比較しても、年齢が高くなるほど女性の地位は低く、男女差が浮き彫りにされている。

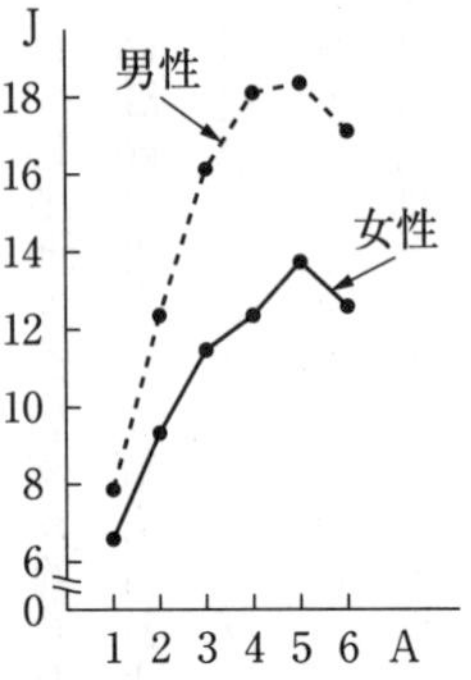

研究活動にみる研究条件の男女格差

　女性研究者の地位の向上のために、具体的には、どうすればよいであろうか。当然のことながら、女性の採用、昇進が、結果として大学や学部の質の向上につながるものでなければなるまい。今回の調査の中で、男性研究者から指摘された「古カブ女性のうるささ」「若いひとのやる気のなさ、甘え」といった批判にも謙虚に耳を傾け、いっそうの研鑽が要求されよう。他方で、諸外国で行われている「積極的差別解消策」、とくに、アメリカのアファーマティヴ・アクションも参考となる。アメリカで、少数者保護のため一九六四年に制定され、六七年性別をこれに加えた公民権法第七篇は、雇用上のあらゆる差別を禁止する立法として機能した。この法制度の下で、企業や大学は女性を積極的に活用するための行動計画を立て、連邦政府の承認を得るとともに、計画達成を報告する義務を課せられる。米政府機関による女性研究者の実態調査の結果に照しても、アファーマティヴ・アクションはこの国で女性研究者の地位の向上に最も効果のあった施策として評価されている。

今日、わが国の研究者のおかれている状況は、男女を問わず、きわめて厳しいものがある。われわれは、学術研究の分野で平等の地位を与えられることを期待するとともに、相携えて科学の発展に寄与したいと願わずにはいられない。

本稿は、昭和五七・五八年文部省科研費プロジェクト「婦人研究者のライフサイクル調査研究」報告、及び、猿橋勝子・塩田庄兵衛編著『女性研究者—あゆみと展望』（ドメス出版、筆者も共同執筆）に負うところがきわめて大きい。さらにくわしく知りたい方は、これらの報告書を参照していただきたい。

《追記》原ひろ子「日本学術会議とその周辺　研究者団体と学術研究の状況」によると、学術会議第一三二回総会（二〇〇〇年）で、「日本学術会議における男女共同参画の推進について」（声明）が採択され、学術会議会員の女性比率を今後一〇年間に一〇％に高める目標値が立てられたという

（女性展望二〇〇一年三月号一二頁）。

39　婦人の地位と法

1　序　論

一九七九年、国連で採択された「女子に対するあらゆる形態の差別撤廃に関する条約」は、第一に男女平等の前提は国際平和の実現にあること、第二は母性を差別の根拠としないこと、第三に子どもの養育は男女と社会全体の共同責任であるという三つの理念を掲げ、わが国でも一九八五年五月に批准された。これに基づく国内法の整備として、男女雇用機会均等法が制定され、一九八六年四月より施行された。国連婦人の一〇年の意義は、男性中心の社会で女性が差別を受けてきたのに対し、世界的規模で、男女のあり方を見直す動きに発展してきたことであろう。その動きは、これまでのように欧米にとどまらず、発展途上国の女性たちも加わって、地球の隅々まで広がりつつある。

これまで女性の解放を妨げてきた要因は、慣習・宗教であり、法律・政治であり、教育・文化であり、人類の歴史の中で至るところに存在した。女性解放は、こうした歪められた男女関係を打破し、女性が男性と同等の自立した人間になることをめざすものである。男性は女性と対照的な肉体と性格をもつという理由によって、生活上に優位を占め、女性の労働も性も人格も自らの支配下におき、その地位をさらに強固なものにしてきた。

男性は女性に交換価値を生まない育児と家事労働をまかせ、自らは交換価値を生む社会的業務に従事してきた。女性は職業においても差別され、教育や文化も女性の家庭での役割を賛美して、性別分担を推進した。男女の真の平等を実現するには、女性の解放を妨げるこれら様々の障壁を探り、取り除く必要がある。(1)

ここでは、法の側面から婦人の地位に関する整備・改正を概観する。女性科学者の社会的地位向上のために創立された本会(女性科学者に明るい未来をの会)の一〇周年を記念して、拙稿も雇用に重点をおき、家族および社会保障にも紙数の許す範囲で言及したい。

2　雇　用

一九六〇年代のいわゆる「高度経済成長」期において女子の職場進出は急速に進んだ。今日では雇用者総数に占める女子の比率は三六・二％にまで高まっている。その就業分野も広がり、働く既婚女性は一九七二年以降、未婚女性の数を上回り、また一九八六年に、兼業主婦は、ついに僅かながら専業主婦を超えるに至った。

日本国憲法は、一三条において個人の尊重を、一四条において法の下の平等を宣言したが、雇用の現状にはなお、男女間に厳しい格差が存在する。数年前までの雇用に関する禁止規定としては、労働基準法四条の男女同一賃金の原則、国家公務員法二七条、および地方公務員法一三条の平等取扱の原則、職業安定法三条の職業紹介指導に関する性差別禁止規定、労働組合法五条二項四号の組合員資格についての性差別等禁止規定があるのみであった。そのため社会に働く女性の平等の実現は焦眉の急であると考えられ、国連婦人の一〇年の闘いのなかで、雇用平等法の制定および労働基準法の見直しが、強い要望となって高まった(2)。

男女雇用機会均等法制定への具体的動きは、一九七八年一一月労働基準法研究会が報告書を提出し、募集・採用から定年・解雇に至るまで全てにわたって、男女差別の禁止が必要であるとしたことに始まる。報告書は、男女が同じ基盤で就業できるよう、女子に対する特別措置は、母性保護など必要最小限にかぎり、それ以外の措置は基本的に解消をはかるべきであるとの姿勢を打ちだし、男女雇用機会均等法制定と労働基準法をセットにする方向づけを示した。この見解は、いわゆる保護抜き平等論として、とくに労働者側から批判を浴びることとなった。

ついで、一九八二年二月、男女平等専門家会議が設置され、「雇用における男女平等の判断基準の考え方について」と題する報告書を出し、それを受けて婦人少年問題審議会婦人労働部会の審議が始まった。同審議会では、労使の厳しい対立のため、結論を一本にまとめることができず、公益委員・労働者委員・使用者委員の異例の三論併記の答申となった。これをもとに立案された均等法案は、国会では激しい論議の的となり、二会期にわたる継続審議の末、成立をみるに至ったが、働く女性の側からみれば、なお多くの不満が指摘された。

まず、一九九九年の改正前の男女雇用機会均等法は、一九七二年に制定された勤労婦人福祉法の改正という形式をとり、「女子労働者の福祉を増進する」（均等法四条）性格を変えていなかった。勤労女性が求めるのは、恩恵的な意味合いをもつ福祉ではなく、等しい能力をもつ男女の差別的取扱を禁ずる明確な理念である。同法の基本的位置づけをめぐって内外で議論をよんだ。この法律の主要な目的の一つは、雇用の分野における均等な機会および待遇の確保の促進であり、いま一つは、勤労婦人福祉法にもりこまれていた職業と家庭生活を両立するための、女子労働者の就業に関する援助措置の拡充に関する部分である。

均等法一条は、立法の目的を「法の下の平等を保障する日本国憲法の理念にのっとり」、「女子労働者の福祉の増進と地位の向上を図ること」と規定している。憲法二七条はすべての人に「労働権」を保障しており、女子差別撤廃条約一一条一項（a）もまた、「すべての人間の奪い得ない権利としての労働の権利」をあげる。女性は男性と異なり、生理、妊娠、出産、保育という固有の機能と特質をもつ。女性が男性と平等に働くためには、これら女性に固有の機能が労働によってそこなわれることなく、かつ、そのことを理由として差別されず、生涯働き続けることが可能でなければならない。

すなわち、均等法は労基法とともに、女性に労働権を保障しつつ、家庭生活と職業生活との両立をはかろうとする法律である。均等法が当面確保しようとしている男女平等は、機会の平等である。機会の平等とは、個々の女性にたいし、女性についての社会通念や女子労働者の平均的な就業実態を根拠として差別的取扱いをしてはならないことを意味し、結果の平等ないし実質的平等の観点は大きく後退させられている。

ところで、均等法では、募集・採用・配置・昇進という最も基本的かつ重要な雇用管理の面は、事業主の努力規定とされ、一定範囲の教育訓練・福利厚生と定年・退職・解雇については、罰則なしの禁止規定とされた。また、賃金に関しては、従来通り、労基法の罰則つき禁止規定が適用される。従って、本来法律上同一の規制を受けるべき雇用上の差別が、二つの異なる法的規制を受け、法的効果も異なるという変則的な形をとることとなった。

募集及び採用について、同法は事業主が女性に対し男子と「均等な機会を与えるように努めなければならず」（七条）、配置及び昇進についても「均等な取扱いをするように努めなければならない」（八条）とする。

つぎに、教育訓練・福利厚生について、事業主は「労働者が女子であることを理由として、男子と差別的取扱いをしてはならない」（九条・一〇条）と定め、さらに定年及び解雇について女子であることを理由として差別的取扱いをすること、婚姻・妊娠・出産を退職理由とする定めをおくこと、婚姻・妊娠・出産・産休取得を理由として解雇することをそれぞれ禁ずる（一一条）。

また、紛争解決手段として三つの規定が設けられた。第一に、配置・昇進・教育訓練・福利厚生・定年・退職・解雇に関して、労使の代表から構成される事業場内の苦情処理機関における自主的解決を事業主の努力義務としている（一三条）。

第二に、都道府県婦人少年室長は、関係者の双方または一方からの援助請求に対し、必要な助言、指導または勧告を行なうことができると規定する（一四条）。

第三に、都道府県婦人少年室長が紛争の解決に必要があると認めるときは、関係当事者の同意を前提として、機会均等調停委員会に調停を行なわせると定めている（一五条）。最後に、勤労婦人福祉法に規定されていた福祉の措置に加えて、女子の再就職の援助（二四条）と再雇用特別措置の普及（二五条）が新たに加えられた。

均等法の制定とともに、労基法上の女子のみに対する保護規定の見直しが始まった。改正点としては、第一に、時間外労働・休日労働に関する女子の保護規定が管理職・専門業務従事者等につき緩和された（労基法六四条の二）。

第二に、女子に対する深夜業禁止の適用除外の範囲が拡大され、管理職・専門業務従事者・タクシー業の運転者等業種によって深夜業禁止の規定が外された（六四条の三）。

第三に、女子について危険有害業務への就業制限を解除し、坑内労働禁止規定が緩和された（六四条の四・六四条の五）。第四に、妊産婦に関する保護規定が充実されることとなった（労基法六五条）。

均等法施行以来、様々の問題が論ぜられている。(3) 現状の男性を基準にして女性をそれに合せる発想は、人間らしい労働条件の確立には、ほど遠いものであるが、保護のみが切り捨てられたともいいきれない。少なくとも、わが国で、募集及び採用が法的規制の対象となったのは初めてであり、均等法の制定によって、雇用における男女平等が一歩でも前進したことは評価されなければならない。今後、さらに手直しを加え、職場の平等に生かす道が期待される。

なお、女子差別撤廃条約に基づいて、欧米で立法された雇用平等法や性差別禁止法には、全体的にみて二つの側面がある。一つは、不当な差別慣行や行為の禁止であり、いま一つは、男女平等を推進する方策を、使用者に計画実行させることである。後者の積極策については、アメリカのアファーマティヴ・アクション・プログラム（Affirmative Action Program）がよく知られている。

一九六四年に制定された公民権法第七編（Title Seven）は、本来黒人などの少数者保護を目的としたが、一九六七年に性差別をこれに加え、雇用上のあらゆる差別を禁止する包括的立法として登場した。積極的差別解消策には、公民権法によって裁判所が命ずるもの、米大統領行政命令一一二四六号、及びその改正による一一三七五号のほか、使用者の自発的行動によるものもある。

大統領命令は、連邦政府と契約関係にある企業、財政援助を受けている教育機関に対し、契約・援助の条件として、性による差別をしないこと、また性による差別をなくしていくためのアファーマティヴ・アクションをとることを義務づけている。積極策を具体化するため、企業や大学は現状を分析したうえで、それぞれ独自に女性を積極的に活用するための行動計画を立て、連邦政府の承認を得るとともに、計画達成を報告する義務が課せられている。

米政府は、企業や大学が女性を積極的に登用していないと判断したときは、契約を破棄し、また援助を打ちきることができる。一九七〇年代における女性解放運動の高まりの中で、アファーマティヴ・アクションが大いに活用された(4)。女性の頭上を覆うグラス・シーリングの解消に向けて、欧米諸国はそれぞれ施策に取り組み、ＥＵもまた、一九八六年に「ポジティブアクションに関する手引書」を発表している。

わが国の改正均等法にも、事業主の講ずるポジティブアクションに対する国の援助を定めた規定が新設された（改正均等法二〇条）。

3　家族及び社会保障

明治の法典制定は、条約改正実現のための近代立法を目的としたが、家族法だけは日本の社会に、牢固たる封建的家族観を維持するものであった。明治民法の親族・相続法は「家」制度をその中核にすえ、戸主を置いて家族の統率者とし、家の財産は長男子たる戸主が承継する家督相続を基本原理とした。そこでは、戸主の家族に対する、夫の妻に対する、親の子に対する支配統制が行なわれ、個人の自由と平等は否定されたのである。(5)

戦後、憲法改正と並行して民法の改正が進められ、一九四八年新しい親族・相続法等が施行された。その最も大きな変化は、旧法の家族制度に関する規定の廃止、妻の無能力制度の削除、夫婦別産制を採用し離婚原因としての「不貞」を平等化するなど、夫婦間の平等原則の確立、父母共同親権・諸子均分相続の原則を採り、配偶者相続権を認めたことである。しかし、改正民法は四囲の事情から立法を急がねばならなかったため、十分な審議をつくしていない部分もあった。

法制審議会は引き続き検討を進め、一九七六年には離婚による復氏制度を改正して、離婚後も引き続き婚姻中の氏を称する道を開き（民法七六七条二項）、また一九八〇年には、配偶者の法定相続分を引き上げ（九〇〇条）、相続財産の維持増加に対する特別の寄与を評価する寄与分制度を新設した（九〇四条の二）。古くはハンムラビ法典によって既に認められていた妻の相続権が、わが国では戦後ようやく陽の目をみるにいたり、さらに欧米なみに引きあげられたことで、間接的に妻の経済的地位の向上にも役立っているということができよう。

なお、家族に関し、今後法制上の見直しが論じられている問題としては、[6] 民法を改正して夫婦別姓を認めるようにとの請願が十数年前にも国会に出されている。また、住民基本台帳法が「住民票を世帯ごとに編成する」（六条）と定めているため、圧倒的に多い男性世帯主を通して、家父長制的な考え方が今に引き継がれ、企業によっては家族手当が世帯主にのみ支給されるなど、現実に女性が不利益をこうむる結果が指摘されている。

差別撤廃条約の批准にともない、国際法の関係では、一九八五年父系優先だった国籍法が改正され、出生による日本国籍取得の要件を父母両系血統主義に改めた（国籍法二条一号）。これによって、憲法の両性平等原則を国籍の上で実現させた。[7]

最後に、社会保障について一言する。[8] 一九四八年国連が採択した世界人権宣言は「すべて人は、社会の一員として、社会保障を受ける権利を有」する（二二条）と規定し、二五条二項で、「母と子とは、特別の保護及び援助を受ける権利を有する」としており、母性保護が人権問題であることを宣言した。

一九五二年の社会保障の最低基準に関する条約は、医療給付をはじめとする九部門について社会保障給付の最低基準を定めている。妊娠・出産に対する医療給付は、社会保障により全額支出され、女性個人の負担にならないことが望ましい。しかし、日本では出産が病気でないという理由で、異常出産を除き、医療給付の対象になっておらず、母性給付については十分な保障がなされていない。また、母性給付には出産による休業給付があるが、労基法上の母性保護にたいする経済的保障も、社会保障制度によって裏打ちされていない。すなわち、出産休暇中の賃金は、官公署や大企業に働く女性では「出産手当」として支給されているものの、中小企業では、一切の賃金保障も受けられない場合が少なくない。

つぎに公的年金制度は、高齢者の増加に備えて、一九八六年大幅な改正がなされた。そのなかで、女性の年金権が確立され、これまで離婚すれば年金を受けられなかった被用者の妻も婚姻期間中の年金が保障され、また、年金受給年齢後に離婚した場合、年金面の影響を受けないなど、かなり改善されつつある。

しかし、女性が自ら労働者として働き年金の受給資格を取得しても、男女のこれまでの賃金格差は当然、年金給付にも反映する。また、妻の老後保障の観点から関心の強い遺族年金も低額にとどまっている。今後いっそう厳しさを増すことが予測される老人問題はまた、婦人問題でもある。(9) 人生八〇年という時代になり、女性の平均寿命が男性のそれよりも数年長く、独りで生き残る女性が多くなる。さらに高齢化社会において、女性の果たす役割はきわめて大きい。家庭で老人介護に当たる者の九割は妻であり、娘であり、息子の嫁である。老人・病者等の看護のために認められる看護休暇も、地域により職場によって、長短様々で一定しない。女性は時に永年勤めた職場をも放棄して、自分及び夫の両親を介護し、夫の介護に当らざるを得ない。老齢人口の増加するなか、老人問題は家族、特に女性の犠牲によって支えられているが、二〇〇〇年四月に発足した介護保険は、これまで行政措置として行われた介護サービスに代わり、自立した市民が保険料を納め、支え合う制度として期待されている。

一九八三年に日本学術会議の「婦人研究者の地位分科会」の委員を中心に実施された「婦人研究者のライフサイクルの調査研究(10)」においても、妊娠・出産・育児とともに、老人介護が女性研究者の活動の大きなネックとなり、とくに研究者として円熟の時期に、ある意味では子育て以上に深刻な悩みが述べられている。

4　むすび

以上、雇用・家庭及び社会保障の面から、婦人の地位と法の関連についてあとづけた。女性の解放には、このほか政治・経済・教育・文化など、多くの克服すべき問題があるが、女性に不利な法制度の徹底的見直しが急務であろう。差別撤廃条約の前文にも、「女子に対する差別は、権利の平等の原則及び人間の尊厳の尊重の原則に反するもの」であるとうたわれている。

　女性研究者が男性研究者と同様に、学術研究の分野でもふさわしい地位を確立することは、当然の権利であるとともに、科学の発展のため欠くべからざる課題である。われわれは二十一世紀にむけて、この壁を突き破るべく、思いを一つにし、さらに努力を重ねたいと願うものである。

(1)　水田珠枝『女性解放思想の歩み』（一九七三年、岩波書店）
(2)　大脇雅子『均等法時代を生きる』、中島通子編『働く女が未来を拓く』（一九八三年、亜紀書房）、赤松良子・花見忠『わかりやすい男女雇用機会均等法』（一九八六年、有斐閣）
(3)　片岡曻「男女雇用機会均等法施行後の労働分野における現状と課題」法律時報七二四号（一九八七年、日本評論社）、浅倉むつ子他座談会「均等待遇の法的課題」ジュリスト八一九号（一九八四年、有斐閣）
(4)　岸玲子・木村順子訳・全米研究会議『女性と科学研究──現状と未来への提言』科学研究賞報告（一九八五年）
(5)　久留都茂子「家制度の廃止──家族法改正」ジュリスト九〇〇号（一九八八年、有斐閣）
(6)　金城清子『法のなかの女性』（一九八五年、新潮社）
(7)　土井たか子『国籍を考える』（一九八四年、時事通信社）
(8)　小川政亮「社会保障と女性」法学セミナー増刊──女性と法（一九八四年、日本評論社）
(9)　一番ヶ瀬康子「女性のライフサイクル・ライフスタイルの変化」ジュリスト増刊──女性の現実と

未来（一九八五年、有斐閣）

（10）猿橋勝子・塩田庄兵衛編『女性研究者——あゆみと展望』（一九八五年、ドメス出版）

《追記》　均等法施行以来、さまざまな問題が論じられてきたが、一九九九年の改正により、募集・採用・配置・昇進についての女性差別禁止が規定化され、雇用の分野における男女の均等取扱の確保が強化された（均等法五条—八条）。第一条の目的にも「雇用の分野における男女の均等な機会及び待遇の確保を図る」ことが明記され、また、いわゆるセクハラ防止のため、事業主は「雇用管理上必要な配慮をしなければならない」（二一条）とされた。労働基準法の女性保護規定も撤廃された（労基法旧六四条の二、六四条の三削除）が、家庭責任が女性の負担によって成り立っている現状に鑑み緩和措置が設けられている（労基法一三三条ほか）。

40　魚の心

——猿橋賞一五周年を祝して——

猿橋賞が創設されて昨年（平成七年）で、一五周年を迎えた。まことに喜ばしい限りである。第一回の猿橋賞受賞者が発表された一九八一年は、「国連婦人の一〇年」の後半期に向けて、女性の地位向上をめざす地球的規模の運動がもりあがりつつあった。

日本学術会議にも、猿橋勝子博士が立候補し、学術会議創立三〇余年にして、初の女性会員が登場した。博士は「婦人研究者問題」にも取り組み、政府に重ねて要望書を出すなど、精力的に活躍された。私も、学術会議の「科学者の地位委員会」の中に新たに設けられた「婦人研究者の地位分科会」委員として、先生のお手伝いをするようになった。また本会の顧問としても、猿橋賞受賞者を含め、多くの女性科学者と知りあう機会を得た。受賞者の方々は人格・識見ともに優れた方ばかりで、民法を専攻している私とは全く専門が異なるにもかかわらず、一〇年の知己の如く心を通わせることができた。

その後、猿橋先生は向坊隆先生のご指導のもとに「日中女性科学者の会」を主宰され、第一回は北京（一九九二年）、第二回は大連（一九九四年）で、両国から自然科学者と社会科学者の約三〇名ずつの女性が、一堂に会して学際的に論じ合うという、かつてない新しい形式の国際会議を計画し、実行し、成功に導いた。

自然科学の世界で、女性研究者が男性に伍してそれ以上の業績を挙げるのは、想像を絶する茨の道であろう。戦中戦後にパイオニアとして活躍された猿橋博士は、自らの体験から、後進のために隘路を切り開こうとされ、賞を設けられた。先生の期待に応えて、各分野でめざましい研究をされた女性科学者が次々と受賞され、地道な学問研究の分野における女性の功績が、それによって、世間の注目を浴びることとなったのである。

今日なお、貧困に苦しみ、差別に虐げられる女性に手をさしのべるためにも、女性が学問の世界において確固たる地位を築くことは不可欠である。私の専門とする法律の分野でも、最近、司法に携わる女性の進出が著しい。これも民法学の泰斗である穂積重遠博士が明大女子部の創立に力を尽くされ、日中戦争のころ、「帝国臣民タル男子」に限られていた「高等文官司法科試験の受験資格」から、「タル男子」の字句を削って、三人の女性弁護士を、世に送り出されたのに始まる。日比谷の松本楼での祝賀会の席上、三輪田元道先生は、女性法律家が必要である理由について、「魚の心は魚にしか分からない」とした中国の賢人の故事をあげられた。女性科学者の鋭い閃きと精緻な分析によって解き明かされる科学の道の扉は、未だ無限にあると思われる。一五年にして大輪の花を咲かせた「猿橋賞」のますますの発展と、先達に続く若き女性研究者の、今後の健闘を祈ってやまない。

《追記》猿橋賞二〇周年を記念して、「MY LIFE —Twenty Japanese Women Scientists」(平成一三年五月、内田老鶴圃)が出版された。皇后陛下のお励ましにより、英文出版が実現したものである。

41　親しまれる女性法曹

婦人法律家協会（女性法律家協会）は、昨年（平成二年）、創立四〇周年を祝い、二一世紀へ向けてのスタート・ラインに立った。戦後の混乱期に、わずか一〇名のメンバーで誕生した小さな集まりが、判事・検事・弁護士・研究者など、七〇〇人を擁する一大プロ集団に成長し、さらに、日々発展を続けている。あたかも、ビッグバンにはじまって無限に広がる宇宙の生成を見る思いである。綺羅星の如く輝く会員の実力と個性を土台に、地道な訴訟の場で築き上げた努力が、今たわわに実を結びつつあるといえよう。

発足以来、当協会は女性への偏見と斗い、社会的弱者をまもる法の改正に積極的に働きかけ、さまざまな差別の解消に努めてきた。また、いち早く、国際婦人法律家協会に加盟し、国交回復直後の中国に数次にわたる代表団を送り込むなど、海外の女性法曹との隔てのない交流にも、めざましい実績を示した。

議会・裁判所制度に続き、民事訴訟法も施行百年を迎える今日、国民に近づき難い判決手続の見直しが、法律家に突きつけられた当面の課題である。ベルリンの壁の崩壊に象徴されるように、世界はボーダレスの時代に入りつつある。国際化・高度技術化・情報化の中で、訴訟の利用者も多岐にわたり、石の壁を取り払っての「開かれた裁判」が益々求められることになろう。グッド・ロイヤーとしての高い識見をもち、緻密な法廷技術を駆使しながら、しかも、グッド・ネイバーとして、市民により親しまれる法曹となるにはどうすればよいか。訴訟審理の充実と促進、費用の節減等すべての要求を充たすことは至難の業であろうが、これまで、多くの障壁を乗り越えてきた婦人法律家の視点から、新たな解決の糸口を見出しうるよう念願してやまない。

42　ハレー彗《すい》星

一九八五年末から八六年にかけて、地球は七五年ぶりの遠来の客を迎える。海王星族に属するハレー彗《すい》星は、紀元前四六六年、周の時代に最古の出現が記録されているが、その後二九回も堂々たる勇姿を天空にあらわし、人々を驚かせた。イギリスの天文学者ハレーは、力学の法則にもとづき、すい星も惑星と同様に太陽の引力によって公転軌道を描くものと考え、一六八二年みずから観測したすい星の次回の出現時を予測した。果せるかな、予言は的中し、一七五八年のクリスマスの晩に、ドイツの天文学者がこのすい星を発見し、研究者ハレーの名を冠するようになったという。とくに、前回明治四三年五月一八日には、地球がすい星の尾のなかを通過するほどに接近し、衝突して地球最後の日を迎えるのではないかと騒がれたそうである。今回の出現には、世界各国が観測用衛星を打ち上げるなど、宇宙科学の粋を集めた態勢が整えられ、早くも天体望遠鏡にキャッチされているが、日本から最もよく見えるのは、昭和六一年三月二二日前後など、僅かな期間に限られ、観測条件は前回に比し著しく劣るといわれる。しかし、昨年発足したアマチュア天文家のための「日本ハレー協会」からも続々と資料がとどき、空のロマンの夢をいやが上にもかき立てる。

私が星空に興味をもつようになったのは、何時の頃からであろうか。今の東京では、凍てつくような冬の夜でも、はっきり見える星の数はりょうりょうたるものであるが、子どもの頃住んでいたソウルでは、真向いの神学校の森からふくろうの声が聞えるほどの静かな環境で、満天にちりばめた星を夜のふけるまで飽かず眺めることができた。当時愛読した山本一清博士の編集になる天文学講座の幾冊かは、二度の戦災を奇跡的にくぐりぬけ、今も手許にある。文学的香気の高い野尻抱影の星座案内と首っ引きで、天頂を流れる天の川や、四季折々の星座、闇を横切る流星群のほとんどを肉眼でたしかめることができた。今思うと信じられないくらいである。時移って、人類はついに月面に立ち、「月の石」が万博に展示され、都心の展覧会でその石に触れることさえできる昨今である。皮肉にも、科学の進歩と反比例して、星空は急速に我々の視界から遠ざかりつつある。たまたま、学術会議の分科会で、婦人研究者の地位の向上に少なからぬ援助をいただいている東京天文台長の古在由秀博士に伺ったところでは、東京天文台は、はじめ麻布にあったのが、人家を避けて三鷹に移り、清里等に望遠鏡を据え付け、将来はアメリカに作る計画さえ持ち上っているという。数年来、男女雇用機会均等法の制定が論議の的となり、女性にも深夜業を認めよという声が、タクシーの運転などに従事する女性から上ったが、「天文台の仕事は、いつでも深夜業でして……」と、古在先生に事もなげにいわれ、昼夜を分たぬ研究にいそしむ天文学者、殊に婦人研究者の想像を絶する心労に思いをいたさずにはいられなかった。

カントは、その哲学の原点を「内なる良心と上なる星空」に求めた。哲学のみならず、文学に、宗教に、芸術に、科学に、天空は人類に無限の夢と希望と慰めを与え続けてきた。万が一にも地球を核兵器のぎせいにする事態が起こるならば、かつて、人々がおそれたように、夜空に妖しく光るすい星によって、青い小さな天体が宇宙に飛び散る想像のほうが、ずっと美しいのではなかろうか。幸いにも、ハレー彗星《すい》の観測では、ソ連の探査機に米国製の装置を積むなど、米ソの協力が報ぜられている。刻々に地球に近づきつつあるハレー彗星《すい》の回帰が、天への畏敬をとり戻し、国際緊張緩和へのステップとなることを、心から願わずにはいられない。

43　性の商品化に思う

「国際婦人年」及び「国連婦人の一〇年」の運動以来、女性の生き方とそれを取り巻く状況は、確実に変りつつある。女子差別撤廃条約の批准に伴って、男女雇用機会均等法が成立し、女性の各方面へ進出が目立ちはじめた。

こうした動向を受け、東京都は、全国の自治体に先駆けて、東京都女性問題協議会の提言に基づき、女性問題に関する調査・研究に着手した。都の婦人問題研究構想検討会が一九八八年に選び出した、数ある調査・研究テーマの中から、先ず、「性の商品化に関する研究」が取り上げられ、一九八八年から二年間かけて、今夏、完成発表されたのである。

性の商品化は、今日、風俗産業をはじめ、新聞、雑誌、テレビなど、日常生活のあらゆる面に浸透し、個人ばかりでなく、社会全体をも歪めている。豊かさの中で、女性の「性」を商品として扱う風潮はいっそう拡大の傾向にある。とくに、国際都市東京には、性産業が集中し、性の商品化現象は他府県に比しても顕著である。法律・政治・労働などの分野で、女性の地位が確立されても、その裏側で、女性の性が商品として公然と取り引きされ、社会的にもそれを容認するような構造が改まらないとすれば、真の意味での男女平等社会は決して実現されないであろう。立ちはだかる多くの壁を予想しながら、都があえて性の商品化の研究に取組むに至った理由もそこにある。

私どもの行った「性・風俗に関する都民の意識調査」(性の商品化に関する研究一九九〇年八月、東京都生活文化局)では、例えば、婚外交渉について、男性が行う場合と女性の場合とで抵抗感に違いがあり、しかも、同性に寛容で異性に厳しい男性の性差別意識が目立った。また、売買春のような金銭を媒介とする性交渉に関しても、「当事者の合意があればかまわない」とする人が、女性では一九%であるのに男性では五六%と女性の三倍にも達することが明らかとなった。テレビや雑誌に見られる「女性の身体の一部を強調した表現」に対しても、女性の五五%が「不快」「女性蔑視」と答え、「わくわく興奮する」「きれい」と感ずる男性の五二%に比べて、性表現に関する男女の意識の差、いわゆる「二重の規範」の存在が、数字の上からも裏付けられた。

つぎに雑誌メディアの調査によると、雑誌の「カラー写真」に掲載されている人物は、八〇%が女性で、中でも、二〇代の若い女性が九六%と圧倒的に多い。また、男性被写体の七四%が着衣の状態であるのに、女性の六〇％は裸や下着、水着姿であり、若い女性の性が商品として位置づけられている。雑誌マンガの分析では、全体の五〇％に性的行為の描写があり、女性の登場人物の八〇％が二〇代以下を占め、その内容は男性が一方的に女性を犯す設定で、性に関する固定観念が変らないことを示している。男女の愛や結婚のあり方に新しい動きが見られるものの、既存の社会の枠組は依然根強く、男性の興味を中心に描かれたマンガの性表現を許しているといわざるを得ない。マスメディアに洪水の如く氾濫する女性の性を利用した利潤追求に怒りを感じ、自主規制を求める声が、都民の意識調査の自由回答の中にも多くみられた。また、国際社会の一員として、観光買春ツアー、アジア女性の売春あっせんなど、人権感覚に欠けた経済大国日本の現状を憂慮する人も多数にのぼっている。

二一世紀を目前にして、男性がいまだに女性の性を「非人間的存在」として扱い、女性が人間としての尊厳を自らおとしめることは、もはや許さるべきではあるまい。性の商品化と闘い続けてきた女性団体や婦人保護事業の存在は大きく、都民と手を取り合い、それぞれに実を結びつつある。これまで未開発の領域であった雑誌メディアにおける性の商品化にメスを入れた今回の調査研究が、勇気ある前進をさらに推し進めるためのワン・ステップとなることを、心から切望する。

七

法学者たちとの出会い

44 「同姓不婚」

鳩山秀夫、末弘厳太郎《いづたろう》と共に、我が国、民法学の黄金時代を築いた穂積重遠博士は、話術の名手であると同時に、該博な学識と奥深い教養を縦横に駆使して、法律に関する多くの随筆を著された。昭和初年の流行語である有閑マダムをもじって、『有閑法学』（昭和九年、日本評論社）『続有閑法学』（昭和一五年、日本評論社）などと名付けられた数多くの随筆集は今なお、初学者にも研究者にも示唆に富む宝の山である。日本橋三越の食堂で「アイスクリームソーダとただのを一つ」と言った客の注文はただのアイスクリームか、ただのソーダ水か、まだクリームソーダが銀座の資生堂で発案されて間がなく「アイスクリームソーダ」とよばれていた頃のまぎらわしい注文を隣席で耳にした先生が、民法九五条の錯誤の格好の教材にされたエピソードなど、私も授業でしばしば無断借用させていただいたものである。その外に、例えば、「同姓不婚」という話もある。朝鮮半島は中国などと同じく、結婚による改姓はなく、むしろ、出身地を同じくする同姓の人を配偶者にすることはできないとする古くからの風習がある。養子を迎えるときは、逆に異なる姓の子との縁組は認められない。いわゆる「同姓不婚」「異姓不養」の慣例である。穂積先生が「同姓不婚」と題してこれを取り上げたところ、校正の段階で気を利かした植字工が、「同性不婚」と直してしまったという笑い話もある。博士の文章は明快で平易、しかもつねにこのようなユーモアと含蓄にあふれていた。

穂積家は由緒ある家柄で、古くは神武天皇御東征に従い大和平定に力をつくした穂積彦を始祖とするとも仄聞する。近代に入り、ボアソナードによる民法典起草に際し、「民法出でて忠孝亡ぶ」と家族制度の堅持を主張する穂積八束の強硬論によって、親族相続法を日本人の手で起草し直すに至ったのは周知の事実である。梅謙次郎、富井政章とともにその明治民法の起草に当たった穂積陳重《のぶしげ》を父に、渋沢栄一の長女歌子を母にもち、長男に生まれた先生は、文字通り順風満帆の人生を歩まれた。およそ庶民の心情とは縁遠い存在のように思われ勝ちであるが、先生はつねに社会の弱者を思いやり、その心強い味方となられた。関東大震災で下町が壊滅に瀕したとき、先生は末弘博士を中心に設立された東大セッツルメントで、法律相談をはじめ困っている人たちの救済に奔走した。まだ、道路もほとんど舗装のない頃で、雨の日雪の日、ぬかるんだ道をセッツルに急ぐ穂積先生を見かねて、末弘先生が、「たまには休まれたら」と勧めても、「待っている人がいるから」と耳をかさなかったという。

先生はまた女性法律家の育ての親でもある。戦前、法改正によって女性にも高等文官司法科試験の受験資格を広げ、自ら、明治大学女子部の教壇に立ち、昭和一三年、久米愛、三渕嘉子ら我が国初の三人の女性法律家を誕生させた。戦後、野田愛子、鍛治千鶴子はじめ多くの教え子が法曹として巣立ち、今や千数百名を超える女性法律家が女性の地位の向上に大きく貢献している。先生が戦争の最中に蒔かれた一粒の種は亭々と枝葉を伸ばす大樹に成長したのであった。「女なることを忘れよ。女なることを忘るるなかれ」というのが、先生の教えであったと鍛治弁護士が回想しておられる（鍛治千鶴子『道を拓く――私の選んだ道・歩いた道』平成一二年、ドメス出版）。

また、先生は、女性が娘・妻・母・嫁として差別を受けていた親族相続法の改革に深い関心を寄せ、大正末期の臨時法制審議会で、離婚の際の財産分与請求権についても提言された。戦争のため立法には至らなかったが、昭和二二年の改正民法七六八条の財産分与の規定のレールは早くから敷かれていたのである。

先生は、講義にもきわめて熱心で、「役者と学者は出が大事」と先生の愛好する歌舞伎の出になぞらえ、大教室の扉に手をかけて定刻通り一分の狂いもなく登壇されたと伺う。もしかすると、語り継がれた伝説であったのかも知れない。戦後、私が入学した頃、穂積先生はすでに現役を退かれ、東宮大夫・最高裁判事等の要職にあられ、直接、名講義に接する機会はなかった。しかし、あるとき、大学の五月祭で、法学部緑会主催の講演会に講師として招かれての講話を拝聴したことがある。たまたま、次の演者が電車の都合かで遅れ、中々姿を現さない。やきもきする係の学生に頼まれて、先生は講演を続行されたが、当為即妙の話術で、あたかも前もって予定されていたかのようによどみ無く語り続け、見事バトンタッチされたのには、ほとほと感心した。私は卒業後、就職も侭ならず、来栖三郎先生の指導で家族法の勉強を続けることとなったが、来栖先生は穂積先生の後継者で、はからずも、穂積先生の孫弟子という途方もない光栄に浴した。

私事にわたるが、先生の末弟真六郎氏に母の姉が嫁し、次弟の律之助氏は父がペニシリンショックで急逝したとき、護国寺の墓所の分割を申し出て下さり、隣り合わせに永眠の地を得ることができた。律之助氏の令嬢磯野富士子先生も出藍の誉高く、昭和一五年、宮沢喜一氏らと波高い太平洋を横断、ロスで開かれた日米学生会談に出席、大戦突入前、最後の和平の望みをかけて日米親善につくされた。明治・大正・昭和・平成と、一族の社会での大きな貢献はいうをまたないが、私的にも何代にもわたり蒙った御恩は筆舌につくし難いものがある。

45　法律学者の随筆

ジュリスト三九九号の随想欄に、伊藤正己先生が、高柳賢三先生の膨大な蔵書について紹介され、今日、これに匹敵する蔵書をもち得る研究者の少ないことを嘆いておられた。不勉強の私など書架という程のものもないが、幸い父が戦前から戦後にかけて学恩を蒙った諸先生に御恵贈いただいた折々の随筆集があり、法律学者の随筆について、末輩としては、些か誇り得る蔵書（?）ではないかと思っている。

大家の名著を曲解する非礼をかえりみず、その二、三を繙いてみると、先ず、有閑ならざる穂積重遠先生の、寸暇を割いての『有閑法学』『続有閑法学』は、「残念々々」や「九官鳥事件」をはじめ、民法の教材として格好の話題を、先生独特のユーモア溢れる筆で纏められたもので、穂積陳重先生や末弘厳太郎・牧野英一先生とともに、法律学者の随筆のいわば元祖といえようか。

中川善之助先生の随筆集には、還暦に際しお頒ちいただいた『北向きの部屋』のように、文学的香気の高いものが多く、「凡ゆるリズムと高いメロディが、法学といふ楽器によって表現」された戦前の『法学協奏曲』の中で、先生が大家族や女家督をたずねて、飛騨の山深く、また、東北の寒村に苦心の旅を続けられる紀行は、その「アレグレット」を飾るにふさわしく、先生の足跡の偉大さをあらためて認識せずにはいられない。

また、宮沢俊義先生は、文学、映画演劇、文楽、能、寄席に至るまで、その深い造詣を「コーヒーをすすりながら」雑談に託される。戦前の古きよき時代を『銀杏の並木』から望見せられた黄色い表紙の初期の随筆集では、名画「別れの曲」や「ラジオ」の普及が話題とされ、大戦下の『東と西』では、ヒットラーののりこんだ「ウイーンの運命」や「ラインの守り」が緊迫する世界情勢を伝え、戦後、『右往左往』する人々には、「いのちの価値」や「動物の生存権」を呼びかけ、『神々の復活』では、再びたそがれゆく憲法の運命を憂えられるなど、先生の洗練されたユーモアに織り込まれた鋭い洞察と批判は、そのまま、激動する昭和の最も優れた政治・文芸史を形造っている。

我妻栄先生が、ジュリストにうるおいをつけるために連載された『民法と五十年』をはじめ数編の随筆集は、あるときは、判例研究について諄々と説き、あるときは、先生の歩まれた険しい学究の道を振り返られ、大家の円熟の筆に触れるもの悉く金に変じて読者を魅了する。戦後に書かれた『改正民法余話―新しい家の倫理』も、改正民法の起草者の一人として、その啓蒙普及に情熱を傾けられた先生の「余話」以上の貴重な文献といえよう。

その外、高柳賢三先生の、大戦前夜の欧米見聞録である『三つの会話』や、田中耕太郎先生の『音楽と人生』『カナダの土　アメリカの友』、横田喜三郎先生の『パリの奇跡』などは、世界をわが庭とされる諸先生の国際性豊かな学風を反映して光彩を放ち、また、末川博先生の『法律と人間』、恒藤恭先生の『復活祭のころ』には、その筆の進歩性にも拘わらず、千年の古都の静かなたたずまいにも似たものが感じられる。

また、滝川幸辰先生の『刑法学周辺』、木村亀二先生の『断頭台の運命』など、刑法関係の諸先生の随筆に共通しているのは、立場の差こそあれ、人が何故に人を裁かねばならぬかという深刻な人間的苦悩であろう。

それぞれに、法律学の最高峰をきわめられた諸先生の随筆集を耽読すれば、その御人格にふれ心洗われる思いがして時の移るのも忘れ、肝心の専門の名著には一向に縁なき衆生ながら、せめて、随筆を通して、リーガル・マインドの一端でも体得したいというのが、法律学者の随筆を愛読する私のささやかな随想である。

46　宮沢俊義先生を語る

我《わが》妻《つま》栄《さかえ》先生は、かつて、法律相談所雑誌（九号・昭和三四年）に「Nur-Professor Auch-Professor」という随筆を寄せられ、大学教授の中には、教授に「しか」なれない者と、教授に「でも」なれるが、他の道を選んでも大を成したであろう学者の二通りがあると書かれたことがあるが、宮沢俊義先生は、まさに、後者の典型であろう。宮沢先生は、学生に贈る言葉として、「知識が狭い専門にかぎられているということは功利的に考えても専門の仕事自体にとって結局いいことではないし、また人間としてもあまり愉快なことではない」といわれ、学生時代に、できるだけ多方面の知識をとり入れることをすすめられたが、先生の、文学・映画演劇・音楽・謡《うたい》・スポーツに至るまで、往くとして可ならざる巾広くかつ深い趣味は、おおむね、一高から東大の学生生活中に、すでに玄人《くろうと》の域に達せられたものであった。

なかでも、文学については、アナトール・フランスに傾倒され、一時、法律学者よりも、作家たらんことを志望されたと承る。今日、憲法の大家としての宮沢先生を得たことを、日本の民主化のためによろこびながらも、「文豪宮沢俊義」の名作に接し得なかったことを、残念に思わずにはいられない。先生は、また、映画、とくに洋画を好んで鑑賞せられ、先生の日本人ばなれした流暢《りゅうちょう》な外国語の発音も、主として、若いころに洋画のスクリーンを通して学ばれたということである。耳の鋭い先生は、随筆に書かれているように、「生来の鳴物好き」でもあられ、学生時代、ピアノの練習から帰ると、すぐ、謡本をかかえ、袴《はかま》に着換えて宝生《ほうしょう》流のけいこに通われたが、爾来《じらい》数十年その奥義を極められ、今日でも、御自宅に同好の士を集めては渋い声を聞かせておられる。また、芝居、寄席、オペラ小屋にも出入りされ、スポーツにも深い関心を示される。大学を卒業して、引き続き、美濃部達吉博士の門にはいられたころ、ともに憲法を志し机を並べておられた清宮四郎先生と、時には、研究室を抜け出して早慶戦を観戦されたこともあるという。戦前戦中、天皇機関説事件などのきびしい思想弾圧の時代には、横田喜三郎先生に誘われてダンス・ホール通いもされたが、やがて、平和がよみがえり、先生の最も自由な言論活動の時期を迎えられた。

たまたま、亡父（尾高朝雄）が、東大で法哲学を講ずるようになり、先生の学恩を蒙《こうむ》ることが多く、また酒席をともにすることも一再ならずあった。先生は、酒は少々たしなまれるが、魚や野菜をあまり口にされず、専ら、肉類を愛好される。そのせいもあってか、先生が比較的お若いころから、堂々たる白髪を蓄《たくわ》えておられたことは、本巻（随想全集3『末川博・南原繁・宮沢俊義集』）の「白髪三千丈」にも誌《しる》されている通りであり、また、戦後、必ずしも頑健ではあられなかった。宮沢・清宮両先生と亡父と三人で一夕を過す中に夜もふけ、話は冗談に、「三人の中、誰が一番あとまで残って弔辞《ネクロロジー》を読むか」ということになった。ひとり大盃を傾けていた亡父は、常々、健康を自慢にしていたところから、「宮沢君と清宮君の弔辞は僕が引き受けた」と、自信あり気に断言した。その気焔に呑《の》まれ、両先生もこれに賛同せられた。ところが、はからずも、程なくして、亡父は奇禍に遭って世を去り、生前の豪語空《むな》しく、宮沢・清宮両先生の切々たる弔辞を頂き、後事いっさいに親身もおよばぬ高配を煩わす羽目《はめ》に陥ったのである。

先生ほど、自由を愛し、ユーモアを愛し、芸術を愛し、また、「人間」を愛される方はない。先生は、道で出会った知人に「これからどちらへ」と尋ねるのは、場合によっては、適切でないとされ、個人のプライバシーを尊重する一方、先生の駒込のご自宅近辺に、大音響とともに爆弾が落下したあと、拙宅のオモニ（おばさん）が握り飯をもって駆けつけたのを、「爆弾記念日」と名づけられ、戦後も、毎年忘れずにお電話を下さるなど、情に篤いお人柄でもあられた。先生こそ、日本における数少ない真の意味のヒューマニストであると思う。先生は、法学部緑会大会の席上、「他人の苦痛を堪えるに強靱《きょうじん》であってはならない」という言葉を引いて、民主主義の本質を説かれたが、先生自身、人々の苦痛を強靱には堪え得ぬ繊細《デリケート》な神経の持ち主であられる。

私が、先生の憲法の講義を拝聴したのは、新憲法が制定されてまもなくであった。ゲバ棒の飛ぶ今の時勢とは異なり、復員の軍服姿をまじえた学生は、先生の名講義を聞かんものと、我れ勝ちに先を争って席を占め、広い法文経二十五番教室は、常に、満員の盛況であった。水を打ったように静まりかえった学生に、憲法の精髄を語りかけられる先生の講義は、その御著書と同じく、内容の深遠さにもかかわらず、むずかしい言葉を避けて何時もわかりやすく明快であり、聴く者に深い感銘を与えた。先生は、アナトール・フランスをひいきにする理由として、「彼のものの見方があらゆる独断から徹底的に解放されていること、しかも、その考えをむやみに気色ばんで主張するというようなことをせずに、客観的に、ときどきは鋭い、しかし品のいい皮肉をまぜながら、淡々とした文体で表現していること」をあげておられるが、これは、そのまま、宮沢先生の文章、先生の思想・学風にぴったりあてはまる批評ではなかろうか。

当時、法学部研究室では、年一回、判例研究会主催の夕食会があり、若い助手や研究生も、この日ばかりは、大家の諸先生と夕食をともにしながら、それぞれ、修学時代のエピソードなどを承るのを、何よりの楽しみにしていた。一夕、宮沢先生は、御自身若いころ大変にshyであって、人前で話すことに人知れぬ苦労をしたが、今ではこうして愉快に話ができるのだから、諸君の中にもしshyな者があってもけっして心配は要《い》らぬと励まされた。次に立たれた今は亡き江川英文先生も、実は自分も講義のとき、テキストから目が離せなかったのだといわれ、団《だん》藤重光《どうしげみつ》先生も同じような経験を話された。東大総長時代、入学式・卒業式のたびごとに、大向こうを唸《うな》らせる名演説をされるので有名であった南原繁先生も、演説の前には草稿を片手に苦慮せられ、研究室の中をしきりに歩き廻られるので、コツコツという靴音が階下の天井に響くと、先生の出番が迫っていることが察せられたという。いささか伝説めいて真偽のほどは疑わしいが、はるか雲の上にあると思われる諸先生のこうした苦心談をきくにつけ、急に人間的な親しみを感じて、ひそかに、安堵の胸をなで下したことであった。

宮沢先生の高弟の一人に、久保田きぬ子さんがおられる。久保田さんは、藤田晴子さんとともに、戦後、東大が女子学生に門戸を開いてはじめて入学した第一回生でもあるが、今や立教大学教授として、また、国際連合はじめ世界の檜舞台に政府代表として活躍するなど、押しも押されもせぬ憲法学の第一人者である。私は、久保田さんこそ、宮沢先生が、憲法第十四条の「法の下の平等」の規定を、身をもって実践され、育成せられた最大の傑作（？）ではないかと考えている。

末川・南原・宮沢の三先生は、幸いに、極めて御健勝であられると承る。今日、『右往左往』する思想混乱のさ中にあって、激動期の波浪にたえ民主主義の灯を絶やさなかった三先生が、末長く御長寿を保たれ、御活躍くださることを、本巻の読者とともに、心から祈らずにはいられない。

47　弔辞《ネクロロジー》

晩年の宮沢俊義先生は、天下の憂いに先んじて憂えたためかと自ら誌《しる》された白髪が神々しいまでにいよいよ白く、さながら「自由」の神の化身でもあるように、私には思われた。最後に、先生にお目にかかったのは、今年の三月、中川善之助先生の追悼会の折であったが、席上、先生は、「われわれも死亡適齢期に達したが、中川君にならってあまり人に迷惑をかけず、あっさり天国へ行きたいものだ」とユーモアをまじえて話された。たいへんお元気そうに見えた先生が、爽涼の秋の訪れも待たず亡くなられたと承り、はっと胸を衝かれたのは、私一人ではなかったろう。

私が、宮沢先生の憲法の講義を拝聴したのは、新憲法が制定されてまもなくであった。水を打ったように静まりかえった大教室の学生に、憲法の精神を語りかけられる先生の講義は、内容の深遠さにもかかわらず、むずかしい言葉を避けて何時もわかりやすく、聴く者に深い感銘を与えた。先生は、「人類の多年にわたる自由獲得の努力の成果」として、フランスのカラス事件、ドレフュス事件をあげておられる。一八世紀のカラス事件におけるヴォルテエルの闘いの一〇〇年後、ドレフュスというユダヤ人の大尉が、スパイだというきわめて薄弱な根拠で終身刑に処せられた。エミール・ゾラは「私は弾劾する」との公開状を新聞にのせて関係者を非難し、このために起訴された法廷で、「私の味方は、真理と正義の理想だけだ」と叫び、一〇年後、ついにドレフュスの無罪を獲得した。先生は、人権宣言をもつフランスでも、「軍の威信」や「国家の名誉」が個人を犠牲にする現実に驚かれるとともに、明治憲法下の日本に、ヴォルテエルやゾラがいたとしても、フランスのように功を奏することは出来なかっただろうとされ、右と左の絶対主義にはさまれて苦戦する日本の民主主義を、狂信から守るために、人権の感覚を一貫して説かれた。

たまたま、亡父（尾高朝雄）が東大で法哲学を講ずるようになり、先生と酒席をともにすることも一再ならずあった。私どもの陋屋に、多数の猫族が蟠踞《ばんきょ》し、賓客の座布団まで占領する有様を見て、先生は、「どうも尾高君のは、ヒューマニズムではなくて、アニマリズムだね」と揶揄《やゆ》されたりした。そのうち、先生が六法を見られる必要が起って、父は実定法には縁がなく、私の使っていた六法を恐る恐る差し出したところ、そのあまりに黒ずんでいたのに驚かれたのであろう。後日、「六法全書」と題する随筆の中で、英和辞書と同様、六法も「手垢でまっくろにするようでなくてはならない」とおほめいただき、たいへん恐縮したことであった。

また、あるとき、宮沢・清宮先生と亡父と三人で過すうちに夜もふけ、話は冗談に、「三人の中、誰が一番あとまで残って弔辞《ネクロロジー》を読むか」ということになった。主権論争では、宮沢先生の明快な論理の前にたじたじであった父も、健康だけはいささか長ありと自信満々で、「宮沢君と清宮君の弔辞は僕が引き受けた」と断言し、両先生もこれには一言の異論もなく賛成せられた。ところが、はからずも、程なくして、亡父は奇禍に遭って世を去り、宮沢・清宮両先生の切々たる弔辞を頂き、後事いっさいに親身もおよばぬ高配を煩わす羽目に陥ったのである。

いま、思いがけない先生の訃報に接し、年々、真新しい六法をいたずらに書架に積み重ねてきたのを、心から申訳なく愧づるとともに、先生の学恩に応えることのなかった亡父にも代わり、謹んで御冥福をお祈りする次第である。

48 私の出会った法学者たち

私が法学部に入学したのは、昭和二三年、国立大学に女子の入学が認められて三年目であった。旧制法学部での民法は、第一部・第二部・第三部と三年間で履修することになっており、我妻栄、川島武宜《たけよし》、来栖三郎の三先生が持ち上がりで講義され、私どもの学年は来栖先生が担当された。三先生はそれぞれの学風と個性豊かな名講義で学生を魅了した。来栖先生は、山なす文献を風呂敷に包んで登壇され、とくに、民法典の冒頭、権利能力の歴史的意義に多くの時間を割かれた。古代ローマの奴隷制度はもとより、我が国の歴史の中でも、権利の主体として扱われなかった人々、例えば、上代のかきべとか、江戸時代にも意図的に作られた階級差別のあることを、法制史の面から詳細に検証された。公法上の基本的人権のいわば裏返しである私法上の権利能力がすべての人に平等に与えられたのが、「人類多年の努力の成果」であることを熱のこもった講義で初めて気付かされた。先生はまた、簡潔な条文の深奥にある制度の本質を鋭く指摘し、その慧眼に驚かされた。来栖先生は、のちに法の解釈について問題を指摘され、法の解釈が客観を装いつつ、主観的な判断に流れることを戒め、戦後法学界に警鐘を鳴らされた。また、家族法では、養子制度が、いわゆる「家のための養子」として、我が国の封建制の中で栄えたのに、同じ封建社会でありながら、ヨーロッパ中世にほとんど行われなかったのは何故かという疑問を投げかけた。慎重な先生は性急な結論を避けながらも、西欧では遺言の自由が養子制度に代わる働きをしたことを問題解決の一つの鍵とされた。さらに、戦後の改正相続法の「相続順位」の規定（民法八八七条、八八九条）について、第一順位　子、第二順位　直系尊属、第三順位　兄弟姉妹という順序は、一見平凡で何の変哲もないように見えるがそうではない、子の次ぎに直系尊属を据え、父母がないときは祖父母が兄弟姉妹に優先して相続権をもつという立法は欧米にも例がなく、縦の系列を重視するもので、祭祀承継（八九七条）と相俟って、日本民法の特色を形作っていると批判された。来栖ゼミでは、赤松良子さん、松尾和子さんと離婚論を報告、研究生のときには、先生のお供をしてゼミ学生と山梨県秋山村に養子の実態調査に出掛け、夜はいろりを囲んで四方山話に花を咲かせた。中央大学の田村五郎先生にも、ゼミの客員としてアドバイスをいただいた。

川島先生は、名著『所有権法の理論』（川島武宜著作集第七巻、昭和五六年、岩波書店）を引っ提げて登場され、その明晰な語り口で学生に圧倒的な人気を博しておられた。天才肌の教授の筆は物権法の全ての問題を鮮やかにさばき、読書会などで輪読してもなおさっぱり分からなかったが、その構想の雄大さに圧倒された。

我妻先生の講義も、時間の許す限り、二五番教室の片隅で拝聴した。先生が授業に周到な準備をされたのは有名な話で、有泉亨先生が京城大学に赴任されるときにも、研究には一言も触れず、「講義をしっかりやれ」とだけ励まされたという。先生は、授業の中でときに冗談を交え、さり気なくご自身の生い立ちについても話された。米沢の学校長の家庭に姉妹のあいだに生まれた先生は、「千代までも栄える家のもとえかな」という句にちなんで、「栄」と名づけられたと伺った。我妻先生が大学の研究室に残られた頃、民法学では、鳩山秀夫、穂積重遠、末弘厳太郎の三先生が巨峰の如く聳えておられた。末弘先生は、先生の学説をそのまま答案に書くと、「領収書を出すな」とお叱りを受け、また、判例を裁判官による法の創造と位置づけ、大正一〇年、東大にはじめて判例研究会をつくられた。創立当時の七人のメンバーには若い我妻先生もおられ、やがて、会の中心的存在となられた。昭和六〇年、判例研究会の創立七〇周年を祝う会が上野の精養軒で盛大に催されたとき、当時の原始会員でただ一人健在であられた一橋大学名誉教授の田中誠二先生も出席され、「我妻君は……」「中川君は……」と並みいる大先生の前で思い出を披露されたのが印象に残っている。我妻先生は、鳩山教授に精緻な概念法学を学びつつも、その限界を感じ取り、ドイツ留学の帰途、アメリカに立ち寄って社会学を学び、法律制度の社会的作用に目を向けられた。帰国後、畢生の名著『近代法における債権の優越的地位』（昭和二八年　有斐閣）を出版、前人未到の民法の最高峰を築き上げられた。

大学卒業後、私は来栖先生のご指導の下で、研究生として家族法の勉強を続け、三年間、民法共同研究室で過ごすこととなった。研究室の先輩には、鈴木禄弥、渡辺洋三、唄孝一、広中俊雄の諸先生、同期には、星野英一、安達三季生、三藤邦彦、後輩に、清水誠、西原道雄、川井健など錚々《そうそう》たる研究者がおられ、原書もろくに読めない私は、身の縮む思いで首をすくめていた。伝統の判例研究会には、時に、杉村章三郎先生、田中二郎先生など公法学との合同研究会が開かれるときもあり、まさに千両役者の絢爛豪華な論戦を堪能させていただいた。かけ出しの研究生にも、いくつかの研究報告が割り当てられた。とはいっても、一本立ちなど思いもよらず、大先生の指導の下、連名で報告を義務づけられた。私も、我妻先生にお教えいただきながら、虚偽の出生届の効力に関する昭和二五年一二月二八日の最高裁判決と有責配偶者からの離婚請求をしりぞけた昭和二七年二月一九日判決の報告を命じられた。

我妻先生のご意見をもとに、たどたどしい草稿を書き、恐る恐る研究室にお伺いしたところ、先生は早速原稿が真赤になるまで朱筆を入れて下さった。川島先生でさえも、若いときには我妻先生に文章を直され、ご自身もそれを見習っていると話されたそうである。昭和二七年の有名な有責配偶者からの離婚請求判決は、自ら愛人をつくって結婚生活を破綻に導いた夫の離婚請求をしりぞけた事件で、妻の立場を「踏んだり蹴ったり」であると擁護し話題となった。先生は、判旨に賛同する理由として「どんな破綻主義にも内在する倫理の最小限」との一節を書き入れて下さった。金融論の吉川光治教授の夫人で、調停委員をつとめながら慶応で法学を学んでおられた安惟子氏が、このくだりに感心され、じつはこれこれと種明かしをしたところ、膝を打って納得する後日談もあった。今日では、破綻主義が大勢を占め、五年程度の別居期間を経て、有責配偶者の離婚請求を認める調停・判決が定着しつつあるが、欧米諸国に比し勝《まさ》っているとは言えない離婚給付や子の養育費の支払いを誠実に履行させる努力をも怠ってはならないと考える。我妻先生は、あまたの栄職を振りきって、『民法講義』全巻の完成を急がれたが、「民法学者は短命?」と書かれたジュリストの巻頭言（同三〇〇号・昭和三九年）を裏書するように、昭和四八年に急逝された。研究一筋の見事な生涯であった。我妻先生が亡くなられてまもなく、中川先生も世を去り、憲法の宮沢先生も、両先生のあとを追うかのように幽明界を異にされた。

　私が、宮沢先生の講義を拝聴したのは、ちょうど日本国憲法が施行された翌年であった。今でこそ雑音の飛び交う憲法も、敗戦後焦土となった日本再生の希望をこめて、新憲法に寄せる国民の期待はまことに大きなものがあった。貴族院で新憲法の立法に参画された気負いも見せず、先生は平明にしかも情熱を込めて、憲法の精髄を学生に語りかけ深い感動を与えた。先生が助手として大学に残られたころ、東大の憲法学は権威主義の上杉慎吉博士と自由主義を堅持してやまない美濃部達吉博士が相対峙しておられた。岸信介が上杉博士の後継者となる要請を断ったとの逸話もあるが、上杉博士は、憲法の条文を紫のふくさに包んで教壇に上がり、「大日本帝国憲法は国家の大法にして」と重々しく口を開き、学生はその勢いに気押され、一斉に「国家の大砲」と誤ってノートに書き取ったとも言い伝えられている。日本でも数少ない真の意味のリベラリストである宮沢先生は、当然ながら、美濃部博士の学風にひかれ、研究の道を志したと回顧しておられる。宮沢先生は、その卓越した語学力を駆使して、モンテスキューの『法の精神』（昭和一一年　岩波書店）の翻訳を完成され、同時に、ドイツの憲法学やケルゼンの法哲学をも幅広く吸収し、スケールの大きな体系を樹立していかれた。先生の偉大さは、昭和の初期に明治憲法と対立する西欧民主主義の源流を探り、「抵抗権史上におけるロック」などの論文を発表、日毎に深まる政治の圧力から自由主義法学の灯を守り続けたことであろう。憲法を、法と政治の接点に存在する生きた規範であり、「歴史の所産」と捉えたのも、先生において初めて確立された偉業である。宮沢先生は、学生時代、大学から帰ると袴に着替えて稽古に通われた宝生流の謡をはじめ、音楽・映画・演劇・文芸・スポーツなど、あらゆる分野に玄人はだしの趣味をもたれたが、講義にも随所にユーモアを織り込み、大教室にはいつも笑い声が絶えなかった。英国議会の引き延ばし戦術として、著名な議員がオムレツやスパゲッティの作り方を延々と喋る話、また、明治憲法は簡潔な文体で短歌や俳句に読める条文がある、俳句は一一条「天皇ハ陸海軍ヲ統帥ス」であり、短歌は五条「天皇ハ帝国議会ノ協賛ヲ以テ立法権ヲ行フ」

で三一文字になる、新憲法はやや散文調だが、二三条の「学問の自由」が俳句になると話され、肝心の本論はすっかり忘れたが、先生の上品な洒落は今も耳朶に残っている。私的なことになるが、宮沢先生のご母堂は明治中期に静岡女子師範で教鞭を取られ、女性の社会進出のまさに大先達であられた。私の母方の祖母もその教え子であったが、ご母堂は知人の子女にも高等女学校への進学をすすめ、その何人かは自宅に寄宿させて学校に通わせたと承る。宮沢先生が、後日、法の上の平等を身を以て実践されたのも当然であろう。先生は、すでに昭和三〇年代、岸内閣の改憲の動きに対し我妻先生らと憲法研究会をつくり、伊勢神宮や靖国神社問題を契機とする『神々の復活』を懸念された。ワグナーの楽劇「神々のたそがれ」に事寄せて、「神々がよみがえるときは憲法がたそがれるときである」といち早く警告された。復古調の今また憲法改正の動きがたそがれに向かわないよう、私ども国民一人一人の自覚が必要と思われる。

同じ憲法学の清宮四郎先生は、宮沢先生の盟友であると同時に、京城大学開学のころから、父尾高朝雄とも大変に親しかった。外地の孤立した環境にあって、清宮先生のほかにも、ローマ法の船田享二博士、刑法の不破武夫先生、法制史の藤田東三先生などとは家族同士でもお付き合いをさせていただいた。のちに一高、学習院でも名声をはせた安倍能成先生もわが家で開かれていたヘーゲル読書会の常連でもあられた。清宮先生は父と同じ埼玉県人で、三男なのに四郎と名乗るのは、郷里の名将熊谷次郎直実に敬意を表し、これを避ける風習によるものと伺った。帝大を恩賜の銀時計で卒業され、権力分立制の研究で右に出るもののない美濃部門下の逸材とは見えない気さくなお人柄で、戦争中に東北大学へ移られた後も私どもの焼け跡のバラックをしばしばお訪ね下さり、終生にわたりご恩顧を蒙った。

植民地支配による日本の責任は免れないものの、京城大学出身で優秀な人々は、独立後の朝鮮半島でも指導者として大きな役割を果たされたと推測される。父が東大に移ってからも、碧海純一、小林直樹、矢崎光圀、阿南成一、松尾敬一、丹宗昭信教授ら、直接の門弟だけでも十指を超え、それぞれに独自の学問領域で活躍されている。また、仙台の菅野喜八郎、名古屋の尾崎良康先生のように、父の著作を客観的に見直し新時代にふさわしい再構築に努められた方々も多数おられる。ペニシリン・ショックで道半ばに倒れ、法律学よりむしろ医学的に新薬への警鐘を鳴らした功績の方が大きかったかも知れない父の一生であった。しかし、「徳孤ナラズ、必ズ隣アリ」の教えの通り、故人を凌駕する多くの先輩、朋友、後輩を得て恵まれた人生であったと思う。

八　父祖・尾高朝雄の辿った足跡

49 主題《モティーフ》

官澤俊義先生は、父が昭和三一年ペニシリン・ショックで仆れるまでの永からぬ五七年の生涯を遮二無二働いて、「優に二人分の活躍をした」と東京大学学生新聞（昭和三一年五月二一日号）に談話を発表されたことがある。友情溢れる追悼の辞とは異なり、父尾高朝雄の学問的業績は必ずしも数多くはなかったが、そのエネルギッシュな活動ぶりは、私どもの眼にも休むことを知らぬ人間ロボットのように映った。ナチス台頭前の古き良き時代に、末弟尚忠まで音楽修業のため呼び寄せ、一家挙げてのドイツ、オーストリア留学を果し、京城帝国大学に帰任した頃は、岩山に珍蝶を追い、愛犬をひきつれて野山を跋渉する姿が、書斎にこもっているよりいっそう似つかわしく思えた。生れ故郷の朝鮮半島でも、釜山・平壌・金剛山と足繁く訪ね、熱砂の舞う蒙古に出かけたこともあったようである。「一五少年漂流記」などの冒険物を愛好する父は、「弦月丸」と題する即興の自作の物語を、子ども相手に語り聞かせ、どう展開するだろうかと夏休みの午後の大きな楽しみとなったが、柔道・碁・将棋に至る巾広い趣味は、私どもに学ぶ意欲が全くなく、のれんに腕押しに終わり、不甲斐ない弟子であったと今更悔やまれる。土に向かって鍬やシャベルを握るとき、その手は水を得た魚のように生気を得て、春には深紅の薔薇、夏には大輪の朝顔を咲かせ、秋には馥郁たる菊の香をただよわせた。終戦一年前に東京大学へ移り、戦災に遭うと、焼け跡の瓦礫の庭は、たちまち百本をこす大根と葱の畑に化した。陸軍少尉として駆り出された甲府の連隊から復員ののち、千葉の第二工学部・教養学部・本郷の講義と飛び回り、ユネスコや学術会議にも顔を出し、帰宅はしばしば深更に及ぶさ中の収穫である。さほどの苦労にも見えなかったのは、深谷の在で代々葱を作っていた先祖の血のなせる業であったのかも知れない。

大学に入った年に早世した祖父の遺言に従い、外交官志望をなげうって大勢の弟妹の世話に没頭した経緯は、『法学概論』（昭和二四年二月、有斐閣）のはしがきにも記されているが、頼まれればいやと言えぬ性分は晩年まで変らず、仕事は雪だるまのようにふくれ上っていった。一方ではこよなく酒を愛し歌を愛し、先輩・友人や門弟・学生諸氏と大盃を傾けながら、哲学を論じ、天下国家を憂え、我が家の常連であられた安倍能成先生の、京城時代の随筆集の題名ともなった「騒夜」をくりひろげたものである。戦後の混乱期にいちはやく父の研究室の扉を敲かれた井上茂・小林直樹・碧海純一等々十指に余る諸先生は、今やそれぞれ憲法・法哲学の大家であられる。この貴重な「めぐりあい」の故に、父の雑学がなお余命を保っているのではなかろうか。

父の神技ともいえる特技の一つは、隙間風の吹きこむバラックのこたつを囲んで、家族と談笑しながら原稿を書きまくる早業にあった。文部省から出された副読本『民主主義』をはじめ、学問の大衆化をめざし、明快平易な文章で惜しみなく筆を振るった。父は、論文の手法をその愛好したクラシック音楽になぞらえ、主題《モティーフ》を強く弱く、変奏曲をまじえつつ繰返し、終章の大合唱にもり上げるのがこつだと教えた。初期の代表作『国家構造論』（昭和一一年一二月、岩波書店）や、戦後法律書のベスト・セラーの一つともなった『法の窮極に在るもの』（昭和二二年一二月、有斐閣）で、父が追求した主題は何であったのだろうか。信念を吐露するあまり、時に反動との批判を浴びることがあっても、一言の弁解もせず、まっしぐらに駈け抜けた生き方自体、父の人生の主題《モティーフ》であったように私には思えてならないのである。

50 母

私の母は、日露戦争の直後に生まれ、さきごろ亡くなった。日本の興隆期に育ち、第一次・第二次大戦と敗戦の混乱に出遭い、経済大国への復興を見とどけ、文字どおり、国の浮沈と運命をともにした一生であった。

国文学者芳賀矢一と鋼子《こうこ》の四女として生まれた母は、矢一の父真咲《まさき》の一字をとって、咲子と名付けられた。芳賀真咲は、福井藩に仕え、橘曙覧《あけみ》に和歌を学び、神社の宮司などを勤めたが、一子矢一は、草創期の帝国大学文科大学に入り、ドイツ留学ののち、その教授となった。母の育ったすまいは、音羽の元武家屋敷で、池には蓮の花が開き、手を叩くと緋鯉がいっせいに寄ってきたという。矢一は、明治以来ヨーロッパの学術の輸入によって、わが国の伝統の美しさが失われるのを憂え、国文学研究に新生面を拓き、新しい国学を樹立しようとした。その著書は、『国民性十論』(芳賀矢一選集第六巻、平成元年、国学院大学)『月雪花』(昭和二年、富山房)など一〇〇冊に近いが、字引きにしても、文法にしても、自分で作り、改良を加えねばならなかったと矢一に聞かされ、耳が痛かったとは、母の懐旧談であった。その後、「ハナ　ハト　マメ　マス」ではじまる『尋常小学国語読本』を編集し、国語教育や啓蒙にも力をつくした。九人兄弟の末近くに生まれた母は、多忙な母親に代わって、父矢一の晩年の良きアシスタントであった。人格円満な矢一を慕う人は多く、母が女学校から帰ってくると、玄関にびっしりと靴や下駄が並んでいたという。客人は、ときに軽井沢の避暑先にも訪れ、午睡から起き上がった矢一が、畳の上を撫でまわし、入歯とめがねを探す光景を、母が追悼文集に書き遺している。眼病のため、帝国大学を辞すのと前後して、宮内省御用掛を命ぜられ、斉戒沐浴の上、御進講に参内する父矢一の健康を気づかう日々であった。女子大附属高女の同級生に、波多野勤子、円地文子など志をもつ友人も多く、大正デモクラシーの影響を受けた母には、高等教育への夢があった。家庭の事情で進学をあきらめ、一八歳で係累の多い父尾高朝雄の許へ嫁ぎ、京都、ドイツ、オーストリア、京城と見知らぬ土地を転々と渡り歩く結婚生活は、きびしいものでもあったらしい。京都大学名誉教授の臼井二尚先生が、この春、吹雪の中を上京された折、当時の思い出をつぶさに聞かせて下さった。幼い娘二人を抱えたウィーンにも、父の末弟尚忠が音楽修業のため渡来し、その身辺の世話は、義弟とほとんど年の違わない若い母の肩にかかった。娘時代、佐々木信綱に師事した母は、異郷からも歌誌への投稿を怠らなかったが、秋深いウィーンの谿《けい》谷を詠んだ一首に、一九歳の尚忠が感謝をこめて曲をつけたのは、おそらくその処女作ではなかったろうか。母の没後、あやふやな記憶を辿り、歌と節回しを印刷して親しい人々に配った。京城での十数年間は、戦争がはじまり、内地からの出征兵士が、大陸の戦場へ赴く最後の一夜を過ごす中継地で、私どもの家にも、しばしば未知の人々が数名ずつ割り当てられ、母は、一人ひとりに浴衣《ゆかた》を用意し、心をこめた手料理でもてなした。傷病兵として帰還したのち、永く便りをくれる人もあった。京城大学の教師であった父の友人や学生も来訪し、酒宴の賑やかなさざめきが何時も絶えなかった。父の転勤で、二〇年ぶりに東京に戻り、二度の戦災に遭い家もない頃、無自覚な娘を説いて、それぞれに大学教育を受けさせたのも、今の時代を見通していたのだろうか。

父がペニシリン・ショックで急死した後は、花や猫をこの上なく愛し、孫たちの面倒をみ、静かな老後を過ごした。二年前の正月、草月流の新年会に、母は「閉会の辞」を述べるはずであったが、急病に倒れ、新年会の済むのを待っていたかのように、その夜、生涯の幕を閉じた。今、母は生地音羽を見おろす護国寺の高台に眠っている。

51　出処進退

「ハナ　ハト　マメ　マス」で初まる戦前の『尋常小学国語読本』に、「はい　と　いいえ」についての譬え話があった。一番言いにくい言葉は、「ナマムギ　ナガゴメ　ナマタマゴ」のような早口言葉だと考えられ勝ちである。しかし、人の言うなりにならず、「いいえ」と断るのには勇気がいる、最もむつかしい言葉は「いいえ」だというのである。学校の帰り道、友達に寄り道を誘われた少年が、「いいえ」と言いそびれたばかりに、橋が折れ水中に落ちたという示唆に富む訓話であった。

この国定教科書を編纂した国文学者芳賀矢一は、私の母方の祖父に当たる。慶応三年福井に生まれ、昭和二年東京で没した。矢一の先祖は福井藩に仕え、矢一の父芳賀真咲は橘曙覧に和歌を学び、後に塩釜神社の宮司なども勤めた。矢一は明治二二年帝国大学文科大学に学び、三二年その助教授、二年後には教授となった。同僚の上田万年とは終生の盟友であり、また、帝国大学の英文学講師であった夏目漱石が『吾輩は猫である』の出版を機に職を辞し、作家に専念するに至ったことは有名な話である。当時、明治政府は約百人の優れた人材を西欧に留学させ、先進諸国に学ばせた。矢一も前後二年あまりドイツに学んだが、漱石はロンドンに派遣され、霧と煙りの立ちこめる大英帝国の都になじめず苦しんだ思いを同輩の矢一にも書き送っている。

矢一は、欧米一辺倒の時代に我が国の伝統の美が失われることを憂い、国文学研究に新生面を開こうと努力した。実際的な見地から、国語辞典や国文法に改良を加え、教科書の編纂に力を注ぐとともに、多くの著書も残している。豪放磊落《らいらく》な性格で辺幅を飾らず、教えを乞う弟子たちで門前はつねに垣をなしたという。四男五女の家族を愛し酒も好んだ。酒について次の歌がある。

「なのみそと子等におしへて夕な夕なとる杯ぞくるしかりける」

矢一は音羽に住んだが、大学教授がまだ希少価値であったころで、大磯と軽井沢に別荘をもち、避暑地の草分けでもあった。旧軽井沢の質素な山小屋は軒が傾いているものの、最近まで白樺の林の奥に姿をとどめていた。同じ時期に購入した正田家の別荘と隣り合わせで、毎夏、親しくお付き合いをさせていただいたと聞く。美智子皇后の祖母上が佐々木信綱に師事して和歌をたしなまれたのも、信綱の古い友人であった矢一の紹介によるものであったという。

矢一の作では「七里が浜のいそ伝い」にはじまる小学唱歌「鎌倉」が近年まで知られていたが、漢詩・漢文・俳句・狂歌にも巧であった。代表的著作には、短編ながら、『国民性十論』がある。日本人の長所を十項目にわたって挙げた中には、敬神崇祖の外、「草木を愛し自然を喜ぶ」、「楽天洒落」、「清浄潔白」、「礼節作法」、「温和寛恕」等があり、国民性を客観的に考察し、国民に自覚を求めた出色の警世の書ともいえる。武士道はもとより、剣道・柔道・華道・茶道にいたるまで、「道」として追究する真摯な気性も矢一が優れた国民性として挙げたところである。矢一は強烈な愛国者であり、天皇家に対する崇敬の念も一通りではなかった。大正末期に宮内省御用掛に任ぜられたときも、眼が不自由であったにも拘わらず、御進講の草稿を人任せにせず、毎回自ら準備し、斎戒沐浴の上、宮中に参内したと伝えられている。

矢一は、「出処進退」を誤らないことに、格別、意を用いた。定年前に帝国大学を辞するときも、親友の上田万年が強く引きとめたが、眼病で職責を果たし得ないという理由からこれに応ぜず、信念を曲げなかった。それでも、宮中のお召しには抗しきれず、病躯を押して最後のご奉公に努めた。皇太子の第一皇女照宮成子内親王の御命名についても御進言申し上げたと漏れ承る。ほどなくして、大正天皇が崩御され、ご大葬の歌をつくったが、「国民はみな闇路ゆく」という一節が、昭和の大御代にふさわしくないと一部の批判を受けた。昭和二年二月七日に執り行われた御大葬の前日、奇しくも矢一は黄泉路へと旅立った。新帝も誕生し任務を終えた安堵感から、自らの命の灯も燃え尽きたのであろうか。享年六一歳、国文学者としての折り目正しく潔い生涯であった。

＊坂井功「芳賀矢一」『我等の郷土と人物』（昭和二七年四月、福井県文化誌刊行会）

52 鹿島神社

二〇世紀最後の年、姉百田初枝の一家に誘われて、父の郷里深谷の在に久々に出掛けた。高崎線の深谷駅は、かつて、我が国煉瓦製造の発祥の地で、東京駅の建物にもここで造られた赤煉瓦が用いられたところから、近年、駅舎も東京駅丸の内口を模したミニチュアに改装された。

深谷のメーンストリートを通り抜けて、車で二〇分ほど走ると、一面に野菜栽培のハウスが立ち並ぶ田園地帯が広がる。八基村字下手計《しもてばか》の中心部、こんもりとした森の奥に見え隠れするのが、私どもが戦争中に疎開していた鹿島神社である。昭和二〇年四月、理化学研究所から五分と離れていない本郷の我が家一帯は、B29の落とす焼夷弾の猛攻にあい、見渡す限りの焼け野原となった。理研の仁科博士が原子爆弾の製造に成功したとの風評が流れた故もあろうか、庭の立木も炭になってしまうほどの劫火が一夜明けても炎々と燃え続け、本郷通りを走る都電の電線も切れて垂れ下がり、交通通信網もすべて途絶えた。手回り品をリヤカーに積んで逃れた麴町の祖母の家も、わずか一ヶ月後、五月二五日の大空襲で焼け落ちた。

たまたま、父祖の地である深谷の鹿島神社の社務所に四畳半の空室があるといわれ、地獄で仏に出合った思いで、甲府の連隊に召集入隊する父を見送ったあと、母・姉と私の三人は、終戦前後の数ヶ月、社務所の一室に身を寄せた。利根川べりの肥沃な大地には陸稲や名産の葱が育ち、農家の人たちの好意で何とか切り抜けることが出来た忘れ難い思い出の地である。ともに焼け出された自宅近くの魚源の主人が、片道四時間の道程をはるばる尋ね、魚を何度か届けてくれたのもその頃である。

姪の連れ合いが運転する車を下りて神社の鳥居をくぐると、歳月を経ていっそう古色蒼然とはしているものの、神社の本殿も傍らの社務所も昔に変わらない佇まいである。木立の奥深く、石に刻まれた藍香《らんこう》尾高翁頌徳碑が高く聳えている。碑文の題字は交流のあった徳川慶喜が書いた篆刻の書体で、藍香と号する尾高惇忠の功績を称え、明治末期に建立されたものという。

尾高惇忠《じゅんちゅう》は、父方の祖父尾高次郎の実父にあたり、鹿島神社に近い自宅に塾を開き、近郷の人に学問を教えた。水戸斉昭に心酔し、その影響を強く受けた惇忠の塾には、一〇歳年下のいとこ渋沢栄一も学び、師弟の間柄は「藍香（惇忠）ありて青渕（栄一）あり」といわれるほどであった。尾高惇忠の教育の基本は、陽明学の知行合一にあり、自ら四文字をしたためた掛け軸を塾に掲げ、子弟教育のよりどころとした。知行合一とは、書物で学んだ知識を机上の空論に終わらせず実際生活の上に体現するという意味で、惇忠自身も学問をする一方、農業・商業にも励み、また、明治五年には、我が国最初の官営工場である富岡製糸場の場長となった。セメントなど新建材の収集に苦労し、ようやく工場の建設にこぎつけたものの、次の難問は工女の募集であった。応募者が一人もなく、わけを調べたところ、若い女性だけの募集は娘の生血をとるためとの噂が流れた故であった。実は工場の指導監督にあたるフランス人の飲む赤ワインを誤解した人々の流言飛語によるものと判明した。惇忠の長女ゆうは、父の苦衷を察し率先して富岡製糸場に入り、工女第一号として、近代日本における女性労働史の第一ページを飾った。ゆうのけなげな姿を見て、同郷のみならず近県の少女たちも競って製糸場に集まり、惇忠は規律の維持、道徳心の涵養に力を入れ、のちの「女工哀史」とは無縁の存在であったといわれる。

「操婦は兵隊に勝る」とは、惇忠が松代出身の工女たちの退職に際して、その功を賞でて与えた言葉であった。

惇忠の次男に生まれた尾高次郎は、二歳のとき請われて分家の尾高幸五郎の養子となる。維新前後で養家の家計も貧しく、一度は農業に専念するが、向学心やみ難く、一念発起して上京、渋沢栄一家の書生となり、東京高商を卒業後、第一国立銀行にはいり実業界に活躍した。次郎はまた、父祖の血を受けて文化活動にもつとめ、刀江書院を起こして学術書の出版に携わり、自ら『陰徳新論』を著した。その冒頭に、「陰徳あれば必ず陽報あり、以て子孫長久に至るべし」との古い格言が据えられていた。次郎には六男四女があり、私の父朝雄はその三男であるが、陰徳論は度々食卓の話題に上った。「積善の家に余慶あり、積悪の家に余懊あり」ともいわれ、先祖の陰徳によって末代まで恩恵に浴する現実を実感させられた。昔の家庭は躾が厳しく、親の前に出るときは必ず羽織袴に着替え、威儀を正さねばならなかったと、よく父に聞かされた。また、父が兄弟に比べ寡黙であったため、次郎は「謹言行正威儀」と揮毫した額を与えた。息子の欠点をむしろ長所と見立てて励ましたことで、父も自信を取り戻し、のちには能弁で知られるようになった。陰徳が報いられぬ歪んだ今日の社会の現状こそ憂うべきであろう。しかし、渋沢栄一が「論語と算盤」、道徳と経済が車の両輪のように相伴わなければ、社会の真の繁栄はあり得ないと説いた教えは、二一世紀の今に生きている。惇忠の書いた「至誠如神」の書は片倉工業富岡工場に保存され、鹿島神社の本殿にも「克己復礼」と誌された尾高次郎書の額が掛かっている。農民出身の先祖の家憲でもあった「至誠」を肝に銘じ、せめて真っすぐに生きたいと願いつつ、神社の森を吹き抜ける風の音に耳を傾けた。

＊ 萩野勝正『郷土の先人　尾高惇忠』（平成七年一二月、深谷ふるさと文庫第一巻、博字堂）

53 ディリゲント（指揮者）

指揮者尾高尚忠は、一〇人の子福者である尾高次郎・文子の六男に生まれ、ウィーンで作曲と指揮を学び、帰国後、日本交響楽団、今のN響で活躍、三九歳の短い一生を終えた。尚忠が幼少のとき、実業家である父次郎は「兄弟全員の長所を集めたような子」と激賞し、将来を嘱望したという。その父も尚忠七歳の折り五十歳で病没するが、末っ子の気楽さも手伝ってか、堅物ばかりの一族の中でひとり奔放に振る舞い、周囲をやきもきさせる存在でもあった。勢い余ってしばしば羽目を外すいたずらに発展し、規律の厳しい戦前の中学では受け入れられなかったらしい。府立中学・私立中学を次々に退学させられ、困惑した母文子は、たまたま、京城大学から一家でウィーンに留学していた兄朝雄に頼み、彼の地で音楽を学ばせることとした。旧制高校から大学に進むのが当然とされ、それなりに親の期待に応えた兄たちと違い、芸術の道への転進は大きな賭けでもあり茨の道でもあったに相違ない。

一八歳の尚忠は、かくして、はるばるウィーンに送り込まれ、ワインガルトナーなど当代第一流のディリゲントの下で一から出直し、作曲・指揮の勉強に励んだ。次郎は義太夫を良くし、喜多六平太に謡曲を学ぶなど、鳴り物にはかなりの素養があった。昔、父の一族が顔を会わせると、誰からともなく合唱が始まり、それが結構板についていたのに感心させられた。朝雄は、とくに西洋音楽を愛好し、当時まだ数少ない輸入レコードを集め、独学でピアノソナタを弾き、後年、ドイツリートを学生の前で披露することもあった。「法哲学者より藤原歌劇団の歌手になった方がよかったのでは」と囁かれたほどである。馴れぬ異郷で天衣無縫の芸術家の卵を引き受けた私の母の苦労も察せられる。しかし、オンケル尚忠はしばしば私ども子どもの遊び相手になってくれる愉快な存在でもあった。オンケルが投げた鉛筆がドアを隔てた隣の部屋に放り込まれている奇術に目を疑った。何のことはない。同じ種類の鉛筆があらかじめ隣室に置かれていたのだろうが、魔術師のカリスマ性にすっかりだまされたのであった。父が京都下賀茂に住んでいたときに生まれた私の名前都茂子も尚忠の命名と聞く。次女なので、京都と賀茂川の二番目の文字をあてた語呂合わせと後に知った。ウィーンの休日にも周辺の散策や旅に無くてはならない道連れで、エピソードにも事欠かなかった。

父の帰国後、尚忠は再度渡欧、修練を重ね、やがて新進のディリゲントに成長、颯爽とオーケストラの壇上にデビューした。戦争のさなか、カーキ色の国民服に身を包み、先ず、「海行かば」を演奏したあと、ベートーベンの「運命」の指揮棒を振るのを聞きに行ったことがある。譜面を見ない指揮をと心掛け、楽団員ひとりひとりの気持ちをつかむのが何より肝要と言いつつ、聴衆の心をも魅了した。終戦前、わが家が二度の戦災に遭い、追い打ちをかけるように、六月、老兵である父にも赤紙が舞い込んで甲府の連隊に入隊、梨本宮別邸の警護に当たることとなり、全く途方にくれた。そのとき、尚忠が家族に代わって父の面会に行ってくれると申し出た。汽車の切符もほとんど入手できない頃である。しかし、尚忠は意に介せず、はじめから切符を持たず失くしたといって改札口をすり抜ける離れ業を演じ、陣中見舞いを果たしてくれたのである。あわてふためいてポケットをま探る仕草は真似のできない迫真の演技で、出発前のリハーサルに私どもは笑いころげ、尚忠にとってもウィーン時代に報いるチャンスとなったのではなかろうか。しかし、戦中戦後のきびしい生活は、次第にその心身を蝕んでいった。長身で顔の長い尚忠は、「顔は上下二度に分けて洗うのだ」とか「柩には足を折り曲げて入れてくれ」などと冗談めかしていたが、ある寒い雪の日、鎌倉の自宅から上京し、「もう精根尽き果てた」と私どもの焼け跡のバラックの畳を叩きながら、珍しく弱音を吐いた。志半ばに病に倒れ夭折したのはそれから間もなくであった。

ＮＨＫ交響楽団が、その早すぎる死を悼み、新進作曲家のために「尾高賞」を設けたのは、楽壇に貢献することの少なかった故人にとって、望外の幸せであったろう。歿後五〇年になる平成一三年、四九回めの受賞が行われたと聞く。戦場にこそ立たなかったものの、人一倍周囲に気を遣い無理に無理を重ねての壮絶な過労死であったと私は思っている。

54　ウィーンの公衆電話

藤井正人先生は、太平洋戦争開戦の年に京城帝大医学部を卒業、徳島県の阿南市で精神科の病院を開業して、半世紀近くになられる。病院長としての繁雑な雑事の上に、心を病む人々を癒すというのは、それだけでも大変忍耐を要する困難な仕事と推測する。しかも、藤井先生は抜群の語学力と文学への深い造詣を傾けて、自らドイツ語の著作を著し、日本ペンクラブ会員をはじめ、ヘルマン・ヘッセ研究会、森鷗外記念会にも所属するなど、文学の領域でも幅広い活躍をしておられる。その熱意には驚く外はない。

多忙な先生は、病院の業務を終えられた後、人の寝静まった深夜の時間を利用して勉学に励み、昭和五〇年に、『WIE EIN BLATT-Leben und Schaffen der japanischen Dichterin Ichiyo HIGUCHI』（『木の葉の如く——樋口一葉の生涯と作品』）と題する樋口一葉の伝記をドイツ語で書き上げ、日独協会から出版された。明治文学に燦然と輝く数々の名作を残しながら、不遇のうちに世を去った一葉の文学を西欧の人々に理解してもらうのがその目的である。外国人のために、当時の日本女性の地位を概観した上で、一葉の短い生涯、及び作品について写真等の資料も添えて香り高いドイツ語で紹介されたのである。読者からドイツ語の翻訳者は誰かという問い合わせが出版社に度々あったそうである。非のうちどころのない完璧なドイツ語で書かれたために、とても日本人が書いたとは考えられなかったのであろう。先生には、森鷗外に関する多くの研究もある。医学者にして文学をよくする点に親近感を感じられたのではあるまいか。

藤井先生には、ヘルマン・ヘッセなどドイツ文学についての評論に随想を交えた『道　遥か』（平成八年八月、三省堂書店）と題する日本語の著作もある。私事で恐縮であるが、その一節に「ある日の尾高先生」（二六六頁以下）という学生時代のエピソードが載せられていた。その一部分をかいつまんで転載させていただく。昭和一〇年、京城帝大予科の生徒であった先生は、父尾高朝雄の「法制経済」の講義を履修された。独墺留学から帰朝して間もない教授は黒板にドイツ語をすらすらと板書しながら、講義を進めていく。さて「ドイツ語では、英語と違ってrをエルと呼び、lももちろんエルであり、この二音の発音の区別が日本人には難しい。」教授もこのrとlの発音の区別が充分でなかったばかりに、ウィーンで電話をする時大変困ったことをある日講義の中で話し始めた。日差しの強い六月中旬、「諸君の眠気ざましに……」というと、コクリ、コクリやっていた連中もパッと目を覚ました（電話がダイヤル式でなく、番号を告げて交換手につないでもらっていた時代のこと）。この話を興味深く聞いた藤井先生は、「下宿に帰るとすぐに机に向かい、この電話の一件をドイツ語で短いドラマ風に書き下ろし、」次週の講義の前に大急ぎで黒板に書き付けた。教授がふと黒板を見ると、次のようなドイツ文が書かれている。

「いまいましい〝R〟め！

（ウィーン街頭の公衆電話ボックスの中で、今一人の日本人が電話しようとしている。）

日本人―R局の２２　０　７８、お願いします。

交換手―L局なんかありません。

日本人―（少しあわてて、正しく発音しようと努力、再び）

R局　２２　０　７８！

交換手—（冷ややかに）L局などないのよ！
日本人—（途方にくれ、がっくり。しばらくして先日友人に教えられた注意を思い出し、今度はうれしそうに）R局です、R局です、ほら、あのGrüneのrですよ！
交換手—（やっとわかって）つなぎます。ちょっと待って。
日本人—（ホッとして）畜生、いまいましいRめ！」（原著の独文　略）

「これは誰が書かれたのですか？」が教授の第一声であった。藤井先生はおそるおそる名乗り出た。「藤井と申します。」「藤井君ですか。驚きましたねえ、素晴らしいドイツ語で。」習い初めて一年半にもならないのに。「おまけにウィーンの方言までも！」「……貴方は医学部にいってお医者さんになられるでしょうが、どんな立派なお医者さんになられても、私は学生藤井君を忘れませんよ」と。

昨今、授業中の私語や携帯電話は珍しいことではなく、大学生の学力低下も懸念されているが、六〇年も昔の大学予科で教師と学生のあいだにこのようなユーモア溢れるやりとりがあったとすれば、現状はやはり憂慮すべきところもあるのではなかろうか。幸い、藤井先生は今もご活躍であるが、京城大学と予科の同窓会名簿に、多数の戦没者の名が連ねられているのを見て、胸の塞がる思いをしたことがある。戦争の犠牲を最も強いられた世代が最も向学心に燃えていたという現実を、どうやって今の若者に理解してもらえるだろうか。豊かに与えられ、多くのものを見失った戦後を振り返り、日本再生の「道　遥か」であることを痛感せずにはいられない。

55　シュッツ博士

十数年も前のことになろうか、とある秋の日、私は自由学園教授（当時）の岡本由紀子先生から突然お電話をいただいた。先生のお話では、父のウィーン時代の親友アルフレッド・シュッツ博士の夫人が、かつて彼の地で父から贈られた私どもの写真を送り返したいと住所を探しておられるとのことであった。シュッツは四〇年も前にニューヨークで亡くなった著名な現象学者である。愛弟子でフロリダ・アトランティック大学教授のエンブリ博士が夫人の意を受け、たまたまアメリカの学会で出会った岡本先生に言付けられ、先生が帰国後出版社に問い合わせて、私の所在を突き止められた由であった。岡本先生のご尽力でほどなくしてエンブリ教授からはるばる海を越えてセピア色に変色した七〇年前の数葉の写真が届いた。若き日の父の横顔、エドムンド・フッサール博士夫妻と私ども家族が湖畔のレストランで一休みしているスナップ、そして、ウィーンの写真館で撮影した幼い姉と私の着物姿等である。父がウィーンでハンス・ケルゼンに、フライブルクでフッサールに師事したのは、一九二九年から三二年にかけてであった。ウィーンでは、銀行に勤めながらケルゼンに学ぶシュッツと意気投合し、毎晩のように遅くまで哲学について語り合ったという。父が留学を終え京城大学に帰任した翌年には早くもヒトラーが政権を樹立、ユダヤ人への迫害が烈しくなり、シュッツは生誕の地ウィーンを追われパリへ逃れた後、さらに、家族ともどもアメリカへ渡って市民権を取得、音信も途絶えた。私どもも本郷の空襲で当時のアルバムの大部分を焼失したが、シュッツ一家にとっては、さらに厳しい迫害のなかの逃避行であった筈である。極東の古い友人、ましてその家族の写真どころではなかったに違いない。にも拘わらず、大西洋を渡る命がけの船旅にも手放さず、数十年間大切に保存され、シュッツも両親も亡きのち、伝てを求めて送り返して下さった夫人のご厚意にどのように謝意を表することができようか。言葉につくせない感動を覚えた。

それと前後して、立命館大学の佐藤嘉一教授がシュッツの代表作の一つである『社会的世界の意味構成――ウエーバー社会学の現象学的分析』（八八年一〇月、木鐸社）の翻訳が完成したからと、寸暇を割いて上京され、八重洲口に隣接する喫茶店でお目にかかり、大部の訳書を手渡された。日本版はシュッツ夫人イルゼの強い希望で父尾高朝雄に捧げられ、冒頭に夫人のメッセージとして、「数千マイルも隔たったもう一つの大陸で五十年前に尾高朝雄氏と夫の間に始まった素晴らしい友情が、こうして今再び、日本において甦ったことになります」と結ばれていた。洛陽の紙価を高めたシュッツの現象学の名著は、世界十四ケ国語に訳され、今なお広く読まれているという。

奇しくも父と同じ一八九九年生まれのシュッツの生誕百年を記念するシンポジウムが、一九九九年、東京・オレゴン・ドイツのコンスタンツの三ケ所で開かれ、多くの研究者が集まった。皮切りに早稲田大学の国際会議場で始まったシンポジウムに、同大学の那須壽教授のお計らいで、現象学の何たるかも知らない私もお招きにあずかり、佐藤嘉一先生の「シュッツと尾高朝雄」と題するご講演を拝聴した。かつて写真を届けて下さったエンブリ教授、『世紀末のウィーン』という著書の中で、父がシュッツに宛てた戦後の書簡を紹介された森元孝教授ら碩学がそれぞれに研究成果を発表され、活発な論議が展開された。会議のあとの懇親会で私はシュッツ夫人から送られた古い写真を見せて謝辞を述べた。夫人もすでに亡く、ニューヨーク在住の令嬢から、席上「私どもは幼い日にウィーンで会ったと思う」とのあたたかいメッセージが披露された。

さらに、昨年、シンポジウムに関わった内外の研究者の共同編集による英語版のシュッツのビデオがニューヨークで発売され、那須先生からお贈りいただいた。自身、ピアノの名手でもあったシュッツが愛好したクラシックの名曲が流れる中、その栄光と苦難に満ちた生涯と業績が、静かなナレーションと映像で綴られていた。F・マッハルプ、F・カウフマンなど交流のあった高名な知識人にまじって、父のプロフィールも手短かに紹介されていた。五七歳で早世した父のあとを追うように六〇歳で他界したシュッツとは戦中戦後の混乱に妨げられ、二度と会いまみえる日は無かったが、友情の絆は夫人や令息令嬢の努力によって時代を超えて途絶えることなく紡がれたのである。

絶望的な事件の続発する昨今ではあるが、世に知られていない美談は、意外に数多くあるに違いない。シュッツ家と多くの研究者の善意と協力に支えられた二人の哲学者の魂の交流を二一世紀に生きる人々にも語り伝え、人間性への信頼と愛情を取り戻してもらいたいと心から願ってやまない。

〈初出一覧〉

一　異邦人として育つ

1　異邦人……時の法令一二〇八号（昭和五九年三月）大蔵省印刷局

2　"Licht, bitte."

3　激動の昭和を生きて……ジュリスト九三三号（平成元年五月）有斐閣

4　京城育ち……ジュリスト六九九号（昭和五四年九月）

5　ソウルいまむかし……時の法令一二二九号（昭和五九年一〇月）

6　戦禍で亡くなった人々を偲ぶ

7　大戦下の女学生

8　マイ・ペット……蔦二三号（平成六年一二月）京城師範付属小学校同窓会

二　研究者の道を歩む

9　終戦前後……時の法令一二一三号（昭和五九年八月）

10　目白の春秋

11　わが恩師……時の法令一二一〇号（昭和五九年七月）

12　パイオニアとして……さつき二号（平成八年七月）東京大学女子卒業生同窓会

13　法律学を学び始めた頃……時の法令一二一四号（昭和五九年九月）

14 判例研究会……法律相談所雑誌四五号　五〇周年記念号（平成七年一二月）

三　大学教員生活四五年

15 商科短大における法学教育……判例時報三九九号（昭和四〇年三月）判例時報
16 三〇余年をかえりみて……東京都立商科短大同窓会報「紫水」四号（昭和六一年一〇月）
17 コミュニティ・カレッジかけ歩き
18 大学セミナー・ハウスにて……東京都立商科短期大学オリエンテーション（昭和六三年五月一一日）
19 卒業にあたって……東京都立商科短期大学卒業式（昭和六一年三月二二日）
20 臨死体験
21 新入生に……東京女学館短期大学入学式（平成九年四月四日）
22 短期大学における情報教育……私情協ジャーナル六巻四号（平成一〇年三月）私立大学情報教育協会
23 卒業を祝う……日本女子大学卒業式（昭和六三年三月一九日）
24 新しい時代の女性の生き方……渋谷女子高等学校　女性の生き方シリーズ八号（昭和六二年六月）

四　家族法研究ノートより

25 離婚あれこれ……時の法令一二三二号（昭和五九年一一月）
26 離婚と子の福祉……研修とうきょう八五年三号（昭和六〇年一二月）東京都職員研修所
27 訪中記……時の法令一二一一号（昭和五九年四月）

28 中国の離婚裁判傍聴記……日本婦人法律家代表団　訪中記録（昭和五六年六月）
29 非嫡出子「区別」は違憲——判決に思うこと——……書斎の窓四二八号（平成五年一〇月）

五　青少年健全育成に関わって

30 青少年問題寸描……時の法令一二〇五号（昭和五九年四月）
31 青少年に夢と希望を……青少年問題研究一六三号（平成三年一一月）東京都
32 人間形成に重要な心の教育の大切さ——道徳軽視が生んだ病理現象——……全私学新聞一五七一号（平成九年八月）
33 問われる大人の姿勢……青少年協会だより一八号（平成一一年一一月）
34 西城区工読学校——あの時あの頃——……ジュリスト九四四号（平成元年一一月）
35 青少年健全育成の諸施策

六　女性の地位の向上に向けて

36 婦人研究者問題……日本の科学者二〇巻八号（昭和六〇年八月）日本科学者会議
37 公立短大の女性研究者……公短協会報九号（昭和六二年一〇月）
38 女性研究者の地位……学士会報昭和六一年四月号
39 婦人の地位と法……『女性科学者に明るい未来を』（平成二年五月）ドメス出版
40 魚の心——猿橋賞一五周年を祝して——

……『女性科学者二一世紀へのメッセージ』（平成八年五月）ドメス出版

41 親しまれる女性法曹……婦人法律家協会会報二九号（平成三年六月）日本女性法律家協会

42 ハレー彗《すい》星……法学教室（昭和六〇年三月）

43 性の商品化に思う……東京の女性五三号（平成二年一二月号）都生活文化局

七　法学者たちとの出会い

44 「同姓不婚」

45 法律学者の随筆……ジュリスト四〇四号（昭和四三年八月）

46 宮沢俊義先生を語る……随想全集三月報（昭和四四年一二月）尚学図書

47 弔辞《ネクロロジー》……ジュリスト六三四号「宮沢憲法学の全体像」（昭和五二年三月）

48 私の出会った法学者たち

八　父祖・尾高朝雄の辿った足跡

49 主題《モティーフ》……ジュリスト七六九号（昭和五七年六月）

50 母……時の法令一一三五号（昭和五九年一二月）

51 出処進退

52 鹿島神社

53 ディリゲント（指揮者）

〈初 出 一 覧〉

54 ウィーンの公衆電話

55 シュッツ博士

あとがき

この小さな雑文集の出発点と同じく、終着駅もまた、ウィーンの街角にもどってしまった。昭和の初め、京都で生まれて間もなく、ソウルに移り、その後、欧州航路を四〇数日かけて、マルセーユの港にたどり着いたとき、父の背広の縫い目は、いたるところほころびていたと、昔良く聞かされた。乳幼児を抱えての異国への長旅は、当時は稀であったと思われる。ウィーンとフライブルクで三年半を過ごした後、再びソウルに帰任。結局、私は、一〇年の学校生活を含め、一六歳の春まで外地で暮らしたことになる。「三つ子の魂百まで」という諺の通り、幼児体験ほど強烈で生涯に影響を及ぼすものはない。東西の大陸に芽生えた雑草人間は、この年になっても、なお「心の一隅に異邦人が棲みついている」のである。日本人の特質として、単一民族国家のため、義理人情を重んじ、多くを語らなくても分かり合える気安さがある反面、少数派・少数意見を時として異端と決めつける傾向がなくはない。大勢のおもむく方向に追随する人々を見るにつけ、神国日本の勝利を信じ「非国民」を攻撃した、忠良な皇国臣民の姿がダブってちらつくのである。一人一人、顔かたちも性格も、まして、民族も歴史も違えば、考え方が異なるのは当然であろう。凡庸な私は、格別信念を貫いたわけではないが、毛色の変わった生い立ちから、学生時代も職場でも、多くの男性にまじって、時に奇異な眼で見られても、少数派であることにあまり抵抗感はなかった。今にして思えば、それはおそらく、ドイツ料理風の合理性から来たものか、東アジアの飾らない率直さに、知らず知らず感化されたためではなかったろうか。「帰国子女」とか「よそ者」とか、「紅一点」「女性初の」といった言葉が、死語になりつつあるのは、まことに喜ばしい限りである。

今や、地球はますます狭くなり、異邦人はおろか、異星人《エイリアン》を探し求める時代を迎えている。この小冊子も、日本人でありながら、思考回路の一部にまぎれもなく異邦人が棲みついている者の少し視点の定まらない複眼で捉えた世相雑感としてお読みいただければ、この上の幸せはないと考える。

平成一三年七月二二日

著　者

〈著者紹介〉

久留都茂子（ひさとめ ともこ）

昭和２年11月　京都に生まれる。
昭和23年３月　日本女子大学英文科を卒業
昭和26年３月　東京大学法学部法律学科を卒業
昭和29年３月　同大学大学院特別奨学生を終了
　同年４月　東京都立商科短期大学に奉職
（〜63年３月）
昭和60年４月　同短期大学学長
昭和63年４月　千葉経済大学教授
（〜平成７年３月）
平成７年４月　東京女学館短期大学副学長
　同年９月　同短期大学学長
（〜11年３月）

心の一隅に棲む異邦人

2001年（平成13年）11月30日　第１版第１刷発行
3066-0101

著　者　久留都茂子
発行者　今井　貴
発行所　信山社出版株式会社
〒113-0033 東京都文京区本郷6-2-9-102
電話 03（3818）1019
FAX 03（3818）0344

製　作　株式会社 信山社

Printed in Japan

印刷・製本／勝美印刷・大三製本
ISBN4-7972-3066-5 C3332
3066-01011-120-030
NDC分類324.001

来栖三郎先生を偲ぶ

二二〇〇円

来栖三郎先生著作集（仮）

第一巻　財産法Ｉ
——法律家・法の解釈・慣習、民法財産法全般

第二巻　財産法II
——契約法、財産法判例評釈——

第三巻　家族法
——親族法・相続、家族法判例評釈——

第四巻　民法講義案集成Ｉ（予定）

第五巻　民法講義案集成II（予定）

別　巻　ある民法学者の歩んだ道（予定）
——来栖先生を偲ぶ——